BVT

In Berlin geht die Sonne unter. Die Hauptstadt freut sich auf die Nacht, alle wollen irgendwohin – in den Club, ins Theater, ins Kino, schnell und bequem: »Taaaxi!«
Täglich drehen über siebentausend Taxifahrer ihre Runden, darunter auch Michael Kessler, einer der beliebtesten Comedystars der Republik. Doch die Taxifahrt mit ihm kostet kein Geld. »Ich fahre Sie, wohin Sie wollen, und wir unterhalten uns ein bisschen!« In neun Nächten mit der *Berliner Nacht-Taxe* stößt Michael Kessler auf ungewöhnliche Menschen und Geschichten: Frau Geissler entstaubt die dpa, Filis erklärt, warum Taxifahrer ganz besondere Menschen sind, ein Trompeter bläst in sein tibetanisches Alphorn und Pornodarstellerin Leonie berichtet von ihrem verunglückten ersten Mal ... Steigen Sie ein in die *Berliner Nacht-Taxe* und begegnen Sie mit Michael Kessler – dem wahren Leben!

Michael Kessler, 1967 in Wiesbaden geboren, wurde als Schauspieler bekannt durch den Kinofilm *Manta, Manta* und die TV-Sendungen *Switch*, *Schillerstraße*, *Pastewka* und *Wochenshow*. Die TV-Sendung *Switch Reloaded* erhielt 2007 den Deutschen Comedy-Preis für die beste Sketch-Show. Die *Berliner Nacht-Taxe* wird seit 2006 ausgestrahlt und läuft 2008 mit der dritten Staffel im rbb-Fernsehen. Mehr unter: www.michaelkessler.tv und www.rbb-online.de/nachttaxe.

Michael Kessler

BERLINER NACHT-TAXE

Die unverfälschten Geschichten der Nacht

Berliner Taschenbuch Verlag

Namen wurden zum Teil von der
Redaktion geändert zur Wahrung
der Persönlichkeitsrechte.

FSC
Mix
Produktgruppe aus vorbildlich
bewirtschafteten Wäldern und
anderen kontrollierten Herkünften

Zert.-Nr. GFA-COC-1223
www.fsc.org

Originalausgabe
Mai 2008
BvT Berliner Taschenbuch Verlags GmbH, Berlin

Umschlaggestaltung: Rothfos & Gabler, Hamburg,
unter Verwendung einer Fotografie vom © rbb
Gesetzt aus der Concorde durch Fotosatz Amann, Aichstetten
Druck und Bindung: CPI – Clausen & Bosse, Leck
Printed in Germany
ISBN 978-3-8333-0538-2

www.berlinverlage.de

Für James

»Die Taxifahrer sind sehr gute Freund, weil sie können alles mit ihnen reden, weil sie sehen ihn nur einmal.«

Filis, Fahrgast der *Berliner Nacht-Taxe*

INHALT

VORGLÜHEN

BERLINER
NACHT-TAXE

»SCHWEIGEN IST SILBER. REDEN IST GOLD.«

Neulich diskutierte ich mit einem Kollegen die Frage, ob er im heimischen und im fremden Bett auch immer auf derselben Seite läge. Der Kollege irritierte mich mit der Aussage, dass das bei ihm phasenweise wechsele. Er läge mal links und mal rechts. Ich dachte immer, wir Männer hätten unsere Prinzipien. Links- oder Rechtsträger müssen doch auch Links- oder Rechtslieger und Links- oder Rechtssitzer sein?

So wie ich mich auf einer Matratze immer auf die rechte Seite lege, so setze ich mich in einem Taxi immer auf den rechten Platz. Genauer gesagt, hinten rechts, also auf der Beifahrerseite, im Fond. Diese Wahl habe ich früher immer unbewusst getroffen. Heute treffe ich sie ganz bewusst. Warum, ist mir noch ein Rätsel.

Wenn der Taxifahrer die Stadt wie seine Westentasche kennt, seinen Fuß gefühlvoll an Gas- und Bremspedale schmiegt und seine Kutsche keine Antiquität aus dem anderen Jahrtausend ist, dann entspanne ich, rechts auf dem Rücksitz, fast wie auf der Matratze. In den öffentlichen Verkehrsmitteln fühlt man sich oft wie im Viehtransporter, im Taxi hingegen ein bisschen wie Camilla Parker-Bowles oder Prinz Charles, die vom Chauffeur durch die Gegend gegondelt werden.

Ich wähle den Platz auf der Rückbank, weil ich mich auf ihm sicher und geschützt fühle. Auf dem Beifahrersitz rücke ich dem fremden Fahrer zu nah auf die Pelle, und er mir. Hinten habe ich Platz, kann mich ausbreiten und auf dem Weg *zum Termin* für ein paar Minuten relaxen. Manchmal nutze ich die Zeit für ein Telefonat oder eine SMS. Aber eher ungern. Zum einen soll das Telefonieren im Auto einer Runde in der Mikrowelle gleichen, und zum anderen wird mir immer etwas flau, wenn ich den Kopf senke. Ich bin seltsamerweise seefest, aber nicht straßenfest – lieber schaue ich aus dem Fenster und lasse die Seele baumeln. Aber wer fährt mich eigentlich in den nächsten Minuten? Ist es der brummige Ur-Münchner, der seit vierzig Jahren schon Taxi fährt, oder der Iraner, der erst seit zwei Jahren in Deutschland lebt? Fährt mich die geschwätzige Kölnerin mit Dauerwelle oder der Berliner Langhaar- und Langzeitstudent? – Für den Verlauf einer Taxifahrt gibt es drei Varianten: Fahrer und Fahrgast plappern sofort drauflos, Fahrer und Fahrgast tasten sich verbal vorsichtig ab oder Fahrer und Fahrgast schweigen sich an. Dabei sind die Voraussetzungen für ein offenes Gespräch im Taxi eigentlich so günstig wie nirgendwo sonst. Wir sitzen dem Gesprächspartner nicht gegenüber, sondern hinter ihm. Nur im Rückspiegel können sich unsere Blicke treffen, da sehen wir uns für Sekunden indirekt direkt in die Augen. Ansonsten schauen wir beide aus dem Fenster. Außerdem sehen wir einen Taxifahrer immer nur einmal im Leben und er uns. Beide Seiten können sich also gefahrlos einander öffnen. Deshalb erlebt ein Taxifahrer auf seiner Rückbank alles: Sex, Ehekrach, Überfälle, Geständnisse, Liebesszenen, Aussprachen und vieles mehr. Ob Drama oder Komödie, die Rückbank wird zur Bühne und der Taxifahrer zum Zuhörer, Seelentröster oder Retter in der Not.

Ich habe von Taxifahrern viel gelernt. Sei es über die Orte, die ich besuche, oder die Orte, aus denen die Fahrer stammen. Wir sprachen über Hamburg ebenso wie über Kurdistan oder den Iran. Wir diskutierten den Weg zu meinem Ziel ebenso wie den Weg zu mehr Frieden im Mittleren Osten.

Nein, man ist nicht immer in der Stimmung zu reden, aber es ist seltsam, wenn man sich minutenlang anschweigt. Dann herrscht diese merkwürdige Spannung in der Taxe, die ich aus anderen Situationen kenne. An der Supermarktkasse denke ich oft, ich wohne einer Beerdigung bei: Zuerst stelle ich mich hinten an der Schlange der Trauernden an. Dann beginnt der stumme Trauermarsch zum »laufenden Band«, auf das ich schweigend, mit gesenktem Blick, die Fleischwurst lege. Langsam nähert sich die Wurst gleich einem in die Gruft hinabfahrenden Sarg der Kassiererin. Nur ihr knappes »Drei neunundsiebzig!« unterbricht die besinnliche Stille. Und wehe, sie hat sich vertippt! Dann schallt noch ein »Stornoschlüssel, Kasse zwei!« quer durch den Supermarkt, und die schweigende Kundengemeinde macht sich durch lautes Schnaufen Luft. Wenn man Glück hat, kondoliert ein Trauerkloß noch mit einem »Machen Sie die andere Kasse auf!«. Man bezahlt, nimmt sein Rückgeld schweigend entgegen, packt die Fleischwurst schweigend ein und verschwindet.

Beim Bäcker machen wir schmierige Fingertapser auf die Scheibe der Theke, wenn wir auf die Mohnbrötchen deuten und gerade noch ein »Zwei davon« über die Lippen bekommen.

Im Taxi, im Zug und im Flugzeug sitzen wir neben Fremden und schweigen. Warum ist das in anderen Ländern eigentlich so anders? Warum scherzt der Amerikaner spontan mit mir im Aufzug oder in der Warteschlange, obwohl er mich nicht kennt? Warum spricht er mich im Flugzeug einfach an und fragt mich, woher ich komme? Die Offenheit der Amerikaner, die uns innerhalb weniger Sekunden zum Lachen bringt und in ein Gespräch verwickelt, stempeln wir gerne als Oberflächlichkeit ab.

Warum sprudeln die Südländer vor Kommunikation? Färbt die Tristesse deutscher Behörden auf uns ab? Warum sind wir beim Behördengang so langweilig und ernst wie die Behörde selbst? Vielleicht, weil wir nie auffallen und gut funktionieren wollen. Der Deutsche trägt einen unsichtbaren Jägerzaun mit sich herum. Wenn man frühmorgens die Liege mit dem Badetuch markiert, spart man sich später so manche Diskussion.

Haben wir Angst vor Kommunikation? Sind wir zu misstrauisch? Einmal wagte ich es, einer Dame, die vor mir in der Warteschlange stand, eine witzige Bemerkung zu kredenzen. Nicht nur, dass sie nicht lachte, sie wendete sich von mir ab und sagte kein Wort. Man kann uns auch nicht mehr nach dem Weg oder der Uhrzeit fragen, weil wir entweder Kopfhörer mit lauter Musik in den Ohren haben oder weil wir einfach weiterlaufen, wenn wir angesprochen werden. Der Fremde könnte gleich die Hand aufhalten oder uns ein Gespräch aufzwingen, um seine Staubsauger zu verkaufen. Da bringen wir erst mal unseren Geldbeutel in Sicherheit.

Man könnte meinen, dass die Handys unsere Kommunikation verstärken. Aber was soll man davon halten, wenn Menschen heutzutage per SMS ihre Beziehungen beenden?

Vielleicht schließt sich unser Rollladen auch immer weiter, weil wir jeden Tag in einem Informations-Tsunami unterzugehen drohen. Die Medien sind überall präsent. Selbst auf unserer Supermarktbeerdigung läuft ein Fernseher. Irgendwo hört man immer ein Radio, und im Internet öffnen sich ständig Pop-up-Fenster. Überall gibt es etwas zu gewinnen. Promis kommen nur noch vor die Kameras, um zu *promoten*. Radiomoderatoren witzeln drittklassig vor sich hin, um dann wieder in die Werbung zu schalten. Nichts von dem, was ich höre, ist wichtig. Selbst im Freundes- und Bekanntenkreis werden die Menschen rar, die uns wirklich etwas zu erzählen haben.

Die Fragen, die wir im täglichen Leben verlernen zu stellen, werden am Abend in der Glotze für uns gestellt. Wir schauen uns an, wie ein Bauer eine Frau sucht, wie ein Model einen Freak erzieht und eine Nanny Kindern und Tieren Benehmen beibringt. Stars dieser Sendungen sind die Nachbarn von nebenan, »Menschen wie du und ich«. Sie kochen, renovieren, gärtnern, sind *allein daheim*, und manche wandern aus. Das nennt sich »Reality-TV«, ist aber letztlich auch nur

eine Werbeinsel für Möbelhäuser, Baumärkte und Klamotten-Labels. Nichts von dem, was wir da sehen, ist real.
Wir ignorieren das, denn wir haben endlich einen Weg gefunden, unser schlechtes Gewissen zu beruhigen. Wir Deutschen haben gerne ein schlechtes Gewissen. Auch, weil wir nicht mehr miteinander kommunizieren und uns nicht füreinander interessieren. Im Fernsehen setzen wir uns endlich wieder mit unseren Mitmenschen auseinander. Allerdings aus sicherer Distanz. Es ist einfacher, den Freak auf dem Bildschirm zu betrachten, als ihn in der U-Bahn anzusprechen.
Warum überlassen wir das Fragen farblosen Moderatoren und dummen Blondchen? Die Reality des Fernsehens hat nichts zu tun mit der Realität da draußen! Es ist spannender, einen Menschen auf der Straße anzusprechen oder sich ansprechen zu lassen, als die Welt durch den Filter des Fernsehens zu betrachten.
Die *Berliner Nacht-Taxe* ist auch Fernsehen. Aber hier gibt es keine Kopfhörer, keine Werbung und niemand kann die Rückbank mit einem Handtuch reservieren. In der Taxe sitzen echte Menschen, und sie erzählen echte Geschichten.
Menschen aus den verschiedensten Generationen und Schichten, mit unterschiedlichster Herkunft und Geschichte. Jeder Mensch hat etwas zu erzählen. Jeder Mensch hat eine Geschichte. Man muss nur fragen und zuhören können. Genau das tun die Fahrgäste und ich in der *Berliner Nacht-Taxe*. Ich frage und kommuniziere mit ihnen vor der Kamera so authentisch und ehrlich wie möglich. Stellvertretend, sozusagen. Ich versuche, die Gespräche zu führen, die wir alle, mich eingeschlossen, im Zug, auf dem Amt und in der Warteschlange versäumt haben zu führen. Oft sind es einfache, manchmal unglaubliche Geschichten. Aber sie interessieren mich mehr als Gewinnspiele und Talkshows. Wir jagen mit der Taxe keiner Sensation hinterher. Die

Gespräche sind unspektakulär spektakulär. Und ermutigen uns vielleicht dazu, wieder mehr miteinander zu reden, zu fragen und – wirklich zuzuhören.

»AUF WINKE« – CRASHKURS BERLINER NACHT-TAXE

Wenn Sie Ihr Fernsehprogramm mit der Schüssel empfangen, kann es gut sein, dass die *Berliner Nacht-Taxe* schon durch Ihr Wohnzimmer kreuzte. Im Oktober 2006 flimmerten die ersten sechs Folgen der *Berliner Nacht-Taxe* über den rbb-Schirm. Die Anschlussfahrt mit zwölf weiteren Episoden folgte ein Jahr später. Im April 2008 startete die dritte Staffel.

Das Rezept ist einfach: Man nehme ein echtes Taxi, präpariere es mit ein paar Kameras und Licht, setzt den Schauspieler und Comedian Michael Kessler ans Steuer und lässt ihn nachts auf Winke durch die Bundeshauptstadt fahren. »Auf Winke« heißt: Ich picke echte Fahrgäste auf, die am Straßenrand nach einem Taxi winken – Berliner, Zugezogene, Touristen. Wenn sie die Tür meiner Taxe öffnen und die Kameras sehen, erkläre ich ihnen den Deal: »Ich fahre euch umsonst, wohin ihr wollt, aber ihr werdet dabei gefilmt.« Das Wort »umsonst« ist ein Zauberwort in unserer Republik: Neunzig Prozent der Winker steigen sofort ein, der Rest winkt weiter. Im Taxi beginne ich mit meinem Fahrgast ein Gespräch. Hat mein Fahrgast etwas Spannendes vor, frage ich, ob ich ihn mit der Kamera begleiten darf. Auf die Party, in den Club, oder nach Hause. Manchmal überrede ich ihn auch, mit mir ins Museum oder in die Eckkneipe zu gehen. Unsere Passagiere bekommen eine Handynummer, die sie in der Nacht wieder anwählen können, wenn sie noch einmal mit mir fahren möchten.

Die Geschichten liegen nicht nur auf der Straße, sie winken auch von der Straße, und wir fangen sie ein: Mit der *Berliner Nacht-Taxe*.

»TAAAXI!« – TAXIFAHRER GESUCHT

Frühsommer 2006. Ich bin in *meiner Firma*. Das heißt, ich sitze zu Hause vor dem Laptop, als das Telefon klingelt. Es ist Stefan aus Berlin. Stefan ist der Produzent mit dem ungewöhnlichen Nachnamen: Wieduwilt. Ich mag ungewöhnliche Nachnamen, genauso wie ich ungewöhnliche Produzenten mag, und so spreche ich Stefan gewöhnlich auch nur mit »Herr Wieduwilt« an – ungewöhnlich aber auch mal mit »Herr Wudiewilt«.

Wieduwilt und ich kennen uns von dem Projekt »Comedy dell'Arte«. Im Jahre 2004 versuchten wir aus Arte-Themen mit Arte-Niveau Arte-Comedy zu machen. Die Idee dazu lieferte der Ausruf eines Regisseurs. Wenn er Sketche für zu »intelligent« hielt, brüllte er: »Das kannst du bei Arte spielen!«

Wieduwilt fragt mich, ob ich mir vorstellen kann, nachts wildfremde Fahrgäste mit einem Taxi durch Berlin zu gurken und mich dabei mit ihnen zu unterhalten. Das Ganze würde gefilmt und irgendwann auf rbb als Reihe ausgestrahlt. Innerlich frage ich mich: Warum ich? Glaubt Wieduwilt, dass alle Schauspieler in ihren arbeitslosen Phasen Taxi fahren oder kellnern? Und Moment mal: Ich soll keinen Taxifahrer spielen, sondern als Michael Kessler durch die Gegend gondeln? Ich bin doch Schauspieler und kein Talkmaster. Wieduwilt beruhigt mich: Es gehe erst mal nur um einen Piloten, das Ausprobieren einer Idee, und er sei sich sicher, dass ich für das Projekt genau der Richtige bin. Aber warum? Weil ich von Natur aus ein neugieriger Mensch bin? Weil ich privat lieber zuhöre als rede? Weil es mir in meinem Beruf primär um die Qualität von Arbeit und Ergebnis geht und nicht um Partys und Blitzlichtgewitter? Vielleicht. Ich habe meinen Beruf von der Pike auf gelernt, habe als Statist ganz unten und ganz hinten auf der Bühne begonnen. Ich kenne also den Arsch der Welt und weiß, wie es ist, am unteren Ende der Rangordnung zu stehen. Das prägte mich und gibt mir die Bodenhaftung, die man braucht, um mit Menschen ins Gespräch zu kommen und ein Gespräch offen, ehrlich und auf Augenhöhe zu führen. Das war bei diesem Projekt von Anfang an das Ziel und die Herausforderung.

Vielleicht hatten mich zwei Jahre *Schillerstraße* auch ein bisschen enthemmt, denn was würde ich im Taxi anderes tun als improvisieren?

Das Abenteuer kitzelt, und so sage ich intuitiv und ohne nachzudenken zum Wudiewilt: Ich mache es. Aber nur, wenn alles echt und authentisch ist. Kein Fake, keine gecasteten Fahrgäste. Bei mir werden keine dummen Fragen gestellt, es gibt nichts zu gewinnen und niemand wird verarscht. Wudiewilt sagt: So wird's gemacht!

Nachdem ich aufgelegt habe, stelle ich mir zwei Fragen: Wird überhaupt jemand in mein Taxi einsteigen, wenn er die Kameras sieht? Und wenn er einsteigt, wird er sich mir vor laufenden Kameras öffnen und seine Geschichte erzählen?

Was ich noch nicht weiß: Auch der rbb hat einige Fragen. Kann Kessler überhaupt Auto fahren? Wie parkt er ein? Kann er im Gespräch schnell schalten? Hat er Gefühl für Gäste und Getriebe? Ist er Raser oder Mittelspurschleicher? Hat Kessler Niveau oder würgt er die Nacht-Taxe mit dummen Witzen ab?

Eine Woche später fahre ich eine halbe laue Sommernacht durch Berlin, und wir stellen fest: Die Winker winken wirklich, sie steigen ein und erzählen. Die Entscheidung des rbb kommt prompt: Kessler soll Vollgas geben. Seit Herbst 2006 entstehen insgesamt vierunddreißig Folgen *Berliner Nacht-Taxe*.

In einer Zeit, in der man keiner Kamera und keinem Fernsehmacher mehr trauen kann, schaffen die Fahrgäste mit mir zusammen ein Stück authentisches und ehrliches Fernsehen. Alles ist echt: Die Menschen, die Storys, die Situationen und die Emotionen.

»FACKEL AN« – EIN BLICK VOR UND HINTER DIE BERLINER NACHT-TAXE

Ich sehe gerne gute Filme oder Serien auf DVD. Beim Kapitel *Making-of* bin ich hin- und hergerissen. Soll ich mir das wirklich anschauen? Ich bin ein neugieriger Mensch. Aber so, wie ich als Schauspieler den Zuschauer verzaubern will, so will ich als Zuschauer auch verzaubert werden. Das *Making-of* entzaubert mich immer irgendwie, so wie der »Mann mit der Maske«. Das ist ein Zauberer mit einer albernen Gummimaske, der das Verbrechen begeht, im Fernsehen die größten Zaubertricks der Welt zu enthüllen. Das ist schrecklich, aber man schaut es sich aus Neugier trotzdem an. Dieses kleine Kapitel ist eine Art *Making-of* der *Berliner Nacht-Taxe*, und ich überlasse es Ihnen, hier einzusteigen oder später …

Bei der *Berliner Nacht-Taxe* gibt es ein Phänomen, das ich schon von der *Schillerstraße* kenne. Es kommen Leute auf mich zu, die mich augenzwinkernd dazu bringen möchten, ihnen unter vier Augen einzugestehen, dass doch in Wahrheit bei diesen Formaten »alles gefaked« ist. Ich kann sie verstehen. Auch ich glaube den Medien nichts mehr. Ich darf Ihnen aber verraten, dass es inmitten der falschen Fernsehflunkerei noch wenige Ausnahmen gibt.

Für alle Berufszweifler, Bedenkenträger und Besserwisser, aber auch für alle waschechten TV-Freaks, Fans und *Making-of*-Interessierte spiele ich jetzt mal den »Mann *ohne* Maske« und erkläre ganz simpel, wie simpel unsere simple *Berliner Nacht-Taxe* entsteht.

Die Dreharbeiten finden wegen der Lichtverhältnisse im Herbst statt, denn da wird es früh dunkel. Wir drehen ausschließlich Freitag- und Samstagnacht, wenn in der Hauptstadt am meisten los ist. Wieduwilt holt freitags die Vorführ-Taxe vom freundlichen Autohändler, Kessler ruht sich noch ein bisschen aus. Die Gewerke versehen die Droschke mit vier Kameras, fünf Mikros und einunddreißig Meter Kabel. Im Kofferraum des Begleitfahrzeugs wird die Kantine eingerichtet. Belegte Brötchen gegen den Hunger, ein paar Sweeties für die gute Laune und viel Kaffee gegen unseren natürlichen Feind: die Müdigkeit. Sie holt uns immer ein, vor allem in den frühen Morgenstunden. Es gibt kein Make-up, kein Kostüm. Kessler fährt als Kessler. Gegen achtzehn Uhr brieft Wieduwilt die Truppe. Was ist heute wann und wo in der Bundeshauptstadt los?

Wie ein echter Droschkenkutscher informieren wir uns, wo in dieser Nacht die Kundschaft lockt. Dann werde ich mit einem Mikro bestückt und betanke meine Taxe mit Wasser, Obst und Süßigkeiten. Nicht nur für mich, auch für meine Gäste. »Man muss immer was greifen können«, sagte meine liebe Tante Lotte stets. Recht hat sie. Nach einem kurzen technischen Check kreise ich wie ein Pilot noch mal um die Taxe herum, checke Sitze, Sicherheit und Sauberkeit. Und dann fahre ich drauflos.

Eine Folge *Berliner Nacht-Taxe* dauert dreißig Minuten. Diese dreißig Minuten sind die Essenz aus zwei Nächten Dreharbeiten, in denen ich jeweils gegen neunzehn Uhr ins Taxi steige und es erst zehn Stunden später, gegen fünf Uhr, wieder verlasse. Zwanzig Stunden Arbeit für dreißig Minuten Sendezeit. Maximal drei Fahrgäste kann ich pro Tour an Bord nehmen. In einer Nacht fahre ich durchschnittlich fünfzehn Gäste, kreuze für sie bis zu hundertsechzig Kilometer quer durch Berlin und verbrauche dabei etwa zwölf Liter Diesel, zwei Liter Heiß- und Kaltgetränke, eine Banane, einen Apfel, drei belegte Brötchen und mehrere Tonnen Süßwaren.

Jede Nacht ist anders. Wir wissen nie, ob und wie viele Gäste ins Taxi steigen. Nicht jede Unterhaltung ist fernsehtauglich, eine Langstrecke würde eine ganze Sendung füllen, bei einer Kurzstrecke reicht die Zeit oft nicht für ein gutes Gespräch. Damit eine spannende und unterhaltsame Sendung entsteht, müssen wir immer mehr Gespräche und Begegnungen aufzeichnen, als wir ausstrahlen. Regisseur Thorsten muss sich für die dreißig Minuten Sendung jedes Mal durch zwanzig Stunden Material schneiden.

Zwanzig Stunden Hauptstadtverkehr, zwanzig Stunden interessante Gespräche führen, zwanzig Stunden spontan vor mich hin brabbeln oder konzentriert zuhören. Ganz ehrlich: die *Berliner Nacht-Taxe* ist Knochenarbeit. Aber eine schöne!

Über siebentausend Taxifahrer drehen täglich ihre Runden durch Berlin, und ich bin einer von ihnen. Es gibt viele ungeschriebene Taxi-Gesetze, und ich darf auch nur »auf Winke« fahren. Ich schalte mich weder in den Taxifunk ein, noch stelle ich mich mit meiner Taxe an den Taxihaltepunkt. Also bin ich immer in Bewegung, und meine »Fackel«, also mein Taxi-Dachschild, brennt die ganze Nacht und signalisiert: Ich bin frei! Steigt ein Gast zu, muss ich die Fackel sofort löschen. Im Eifer des Gefechts vergesse ich das oft. Dann hupen und fluchen die Kollegen, dass ich manchmal um mein Leben bange.

Bei Großveranstaltungen stelle ich mich, wie jeder normale Droschkenkutscher auch, an der endlosen gelben Schlange hinten an und hoffe auf Gäste. Aber das kann dauern.

Mit der Straßenkunde und der Orientierung ist das natürlich so eine Sache. Ich bin kein gebürtiger Berliner. Aber, Wieduwilt sei Dank, fahre ich nicht mutterseelenallein durch die große Stadt. Im Wagen vor mir fährt kein junges Mädchen. Nein, im Wagen vor mir fahren der Wudiewilt und mein wunderbares kleines Team, das mit mir die Nacht hautnah und mit viel Kaffee durchlebt. Die Jungs haben in ihrer

Kiste eine der tollsten Erfindungen des 21. Jahrhunderts: ein Navigationsgerät. Sie spielen den Leithirsch, fahren vor mir her und weisen mir den Weg. Sie hören, was im Taxi passiert, und können mit mir über Funk kommunizieren. Steige ich aus und folge einem Gast, dann steigen sie auch aus und begleiten uns mit Kamera und Mikro. Dabei müssen sie oft Wunder vollbringen, denn nichts ist geplant. Vieles passiert spontan, muss aber technisch eingefangen werden. Regisseur Thorsten fragt mal rasch, ob wir spontan in der Bar drehen dürfen, Wudiewilt schützt mich vor betrunkenen Kneipengästen. Markus, der Kameramann, hält schnell und scharf drauf, wenn ich Adam Sandler zufällig am Potsdamer Platz entdecke. Mario, der Tontechniker, hält tapfer Mikro-Angel und Trommelfelle hin, wenn ich einem Gast in einen lärmigen und tropisch heißen Club in Mitte folge. Simon setzt die Gäste und mich ins rechte Licht, fährt das Team-Fahrzeug und findet immer den Weg zum Ziel. Die ganze Nacht wechseln die Jungs Bänder und Batterien und justieren Kameras und Mikros nach. Die ganze Nacht lauschen sie den Gesprächen und Monologen im Taxi. Es ist ein sehr intimer Dreh, so eine Nacht hat viele verschiedene Stimmungen und Atmosphären, die wir gemeinsam durchleben. Aus diesem Grund haben wir fast jede Nacht in derselben Konstellation gedreht.
So gegen fünf oder sechs Uhr in der Frühe fahren wir zurück zur Basis, fallen dann in die Betten und versuchen, so viel wie möglich zu schlafen, bis wir uns nach ein paar Stunden wieder an der Basis einfinden, um die zweite Nacht zu drehen. Oft wachen wir aber schon früh am Samstagmorgen auf und finden nur wenig Schlaf. Ich fühle mich an diesen Tagen immer wie nach einem Transatlantikflug. Jetlag. Wir haben gleich zu Beginn der Dreharbeiten herausgefunden, dass wir eine dritte Nacht nicht schaffen. Nach zwei Nächten brauchen wir alle eine Pause. Die *Berliner Nacht-Taxe* ist eben kein Hokuspokus.

Fahrgast-Perspektive in der Nacht-Taxe

»MAN MUSS WEITER SEHEN ALS DIE NASE REICHT« – DAS BERLINER NACHT-TAXEN-BUCH

Frühsommer 2007. Wieder sitze ich in *meiner Firma*, und das Telefon klingelt. Es ist Frau W. So nenne ich meine ungewöhnliche und wunderbare Agentin, Constanze Weihrauch, deren Nachname auch mit »W« beginnt, wie der von Wieduwilt. Sie berichtet mir, dass ein Verlag ein Buch aus der *Berliner Nacht-Taxe* machen will. Ich bin überrascht. Da muss jemand im allgemeinen Fernsehallerlei sehr genau hingeschaut haben. Das freut mich, und wiederum bekunde ich spontan mein Interesse. Also arrangiert Frau W. ein Treffen.

Die Dame vom Verlag sagt, dass sie gerne mehr über die Fahrgäste und deren Geschichten erfahren würde, aber auch mehr über mich. Ich würde mich in der Sendung sehr zurücknehmen, so dass sie darauf brenne, zu erfahren, was in meinem Kopf vorging, als ich zum Beispiel zwei Jungs der »Schleckerbande« im Fond sitzen hatte oder mit einem Musiker nachts an der Siegessäule Trompete spielte.

Da hat die Dame vom Verlag den richtigen Riecher. Kennt sie die Formel der *Nacht-Taxe*: Dreißig gesendete Minuten sind zwanzig Stunden Drehzeit? Und ahnt sie, dass in diesen zwanzig Stunden und dem vielen ungesendeten Material noch eine Unmenge an Geschichten und Anekdoten lauern?

Natürlich haben wir vieles nicht zeigen können oder auch nicht zeigen dürfen. Da bekamen Lehrer, Richter und Mitarbeiter der amerikanischen Botschaft plötzlich Zweifel, ob sie sich in ihrer Position überhaupt vor einer Kamera so äußern dürfen, wie sie es taten. In der ersten Nacht hatten wir gleich einen Unfall, und einmal fuhr ich zwei dubiose Herren zu einer dubiosen Geldübergabe in einem dubiosen Internetcafé. Ich sprach mit einer Pornodarstellerin über so pikante Details, dass wir diese Intimitäten nicht um einundzwanzig Uhr ausstrahlen durften. So auch die Tour, bei der mich zwei betrunkene Fahrgäste zu einem flotten Dreier überreden wollten.

Sie können sich vorstellen, dass allein der Alkohol- und Drogenpegel mancher Fahrgäste, der mit fortgeschrittener Uhrzeit leider dramatisch steigt, für sehr spezielle Momente sorgt. So, wie es viele heitere und interessante Momente gibt, so gibt es eben auch unzählige schlüpfrige, traurige, dumme oder bedrohliche Momente. Kurzum: Es gibt eine Menge zu erzählen über meine Nächte in Berlin und über die Menschen, denen ich begegnete.

Also setze ich mich in meine Firma und schaue mir die neun Nächte der ersten Staffel komplett an. Ein gemütlicher DVD-Abend sieht anders aus. Ich fröne keinem überschaubaren Neunzigminüter mit Popcorn und Nüsschen, sondern sichte circa hundert Stunden gedrehtes Material. Meine Augen werden viereckig vom Gucken, die Ohren unterm Kopfhörer heiß vom Hören und meine Finger hornhäutig, sowohl vom Tippen der Laptoptasten als auch vom unzähligen Vor- und Zurückspulen mit der Fernbedienung. Zum ersten Mal sehe ich die kompletten Interviews und erlebe, was meine Gäste so alles hinter mir im Fond trieben. Während des Drehs hatte ich nur einen Bruchteil ihrer Reaktionen im Rückspiegel registriert, manche Bemerkung überhört – und selbst die ausgestrahlten Folgen geben letztlich nur Momente wieder. Ich transkribiere die Interviews und merke Wort für Wort, wie spannend es ist, den Fahrgästen und den Gesprächen auf dem Papier neu zu begegnen und die bislang unerzählten Geschichten zu erzählen. Ich wähle die wichtigsten Begegnungen der neun Nächte aus und beginne, meine Eindrücke und Gefühle zu jedem Gespräch, zu jedem Fahrgast niederzuschreiben.

Es ist mir von Anfang an klar, dass ich dieses Buch genauso behutsam schreiben will, wie ich das Taxi lenke und die Gespräche führe. Aber das ist gar nicht so einfach. Es gilt, Persönlichkeitsrechte zu wahren und Fahrgäste nicht allein schon dadurch bloßzustellen, indem man ihre Worte, ihre Gedanken oder ihre Sprache und Formulierungen original wiedergibt. Aus diesem Grund habe ich einige Namen geändert und die Interviews teilweise gekürzt.

Dieses Buch handelt von ganz normalen Menschen, denen ich nachts in einem Taxi begegne. Steigen Sie ein und erleben Sie mit mir Berlin bei Nacht. Lassen Sie sich treiben, wie wir das mit dem Taxi tun. Schon lange weiß ich für mich: Es gibt keinen Zufall. Die *Berliner Nacht-Taxe* ist wieder mal ein Beweis für diese These. Jede Begegnung ist auf ihre Art besonders. Der Weg ist, speziell in diesem Fall, das Ziel. Gute Fahrt!

FAHRTENBUCH

BERLINER
NACHT-TAXE

DIE ERSTE NACHT

Eine laue Sommernacht im September, ich bin aufgeregt. »Premierenfieber« nennt man das. Es ist unsere erste Nacht, und wir erleben gleich zu Beginn einen Auftakt mit Paukenschlägen.

Gegen siebzehn Uhr holt mich der Wieduwilt mit seinem alten Citroën DS 21 vom Hotel ab. Er hat ein Faible für alte Autos, später wird er mich auch mit seinem alten 5er BMW fahren, zu beiden Wagen habe ich eine ganz besondere Beziehung. In solchen Autos bin ich als Kind oft gefahren. Den Citroën fuhr der beste Freund meines Vaters, den BMW der Vater meines besten Freundes. Wir fahren zur Basis. Auf einem Moabiter Hinterhof steht sie: die *Berliner Nacht-Taxe*. Zum ersten Mal sehe ich mein Team, das noch mit der technischen Einrichtung beschäftigt ist. Ich stelle mich vor. Alle sind ein bisschen nervös. Beim ersten Mal müssen wir vieles noch ausprobieren und testen. Ich spiele Maskenbildner und tupfe die glänzende Stirn ab. Während ich mich mit dem Taxi vertraut mache, brieft mich der Wieduwilt mit der endlosen Eventliste dieser Nacht. Spätestens jetzt merke ich, dass ich mich in einer Großstadt befinde. In *der* deutschen Großstadt, unserer Bundeshauptstadt. In der Nervosität geht Event für Event zum einen Ohr hinein und zum anderen wieder hinaus. Nichts bleibt hängen, und ich bitte Wieduwilt, mir spontan über Funk das nächste anvisierte Ziel durchzugeben.

Ein letzter Mikro-, Funk- und Kameracheck, dann schnalle ich mich an, drehe den Funk auf und zünde die Fackel an. Vor mir setzt sich das Team-Fahrzeug in Bewegung. Der Leithirsch wird mir ab jetzt den Weg weisen, und ich werde ihm blind folgen, auch wenn er schwarz lackiert ist, so schwarz wie die Nacht. Und mit Wieduwilt werde ich per Funk in den einsamen Momenten, in denen ich alleine und ohne Fahrgast durch die Hauptstadt kreuze, das eine oder andere Wort wechseln. Ansonsten sind die Kameras und Mikros meine Ansprechpartner. Es wird zwischen den Touren viele einsame Momente geben, vor allem in den späten Nacht- und frühen Morgenstunden, in denen ich manchmal einfach nur dem Taxifunk oder der Radiomusik lausche, in die Kamera plaudere oder schweige. Zehn Stunden hält die Kamera auf mich drauf, hält jede Bewegung und jeden Ton in der Taxe fest.

Das ist eine für mich ungewöhnlich nahe und intime Situation, an die ich mich erst mal gewöhnen muss. Ich trage kein Kostüm und keine Perücke, bin ungeschminkt und spiele keine Rolle. Alle Hilfsmechanismen eines Schauspielers entfallen, alles ist ganz pur.

Martin, Kathrin, Tom und Dvořák
Vom Gendarmenmarkt nach Hause

Wir drehen eigentlich noch ein paar Shots von mir im fahrenden Taxi, da steht am Reichstag mein erster Winker. Es ist Martin, ein ordentlich gekleideter Rechtsanwalt um die fünfzig. Er muss dringend zu seiner Frau Kathrin, den amerikanischen Freunden und Dvořák. Die warten nämlich alle am Gendarmenmarkt. Martin hat es eilig. Ich merke, dass ich nicht nur zum Vergnügen fahre. Meine Gäste haben Termine, müssen ins Konzert oder zu einer Party. Da kann ich nicht trödeln oder mich verfahren. Ich bin angespannt und merke, dass ich mich erst eingewöhnen und den richtigen Ton finden muss. Martin und ich plänkeln ein bisschen. Am Gendarmenmarkt vereinbaren wir, dass ich seine Frau nach dem Konzert abhole. Die muss dann nämlich nach Hause. Rasch merke ich, dass bei den beiden Kunst und Kultur eher Frauensache ist.

M.K.: Einen wunderschönen guten Abend. Wie war Dvořák?
Kathrin: Wir haben nicht Dvořák gehört. Er hat nicht aufgepasst.
M.K.: Aber Martin hat Dvořák gesagt.
Kathrin: Der hat ja auch keine Ahnung von Musik.
M.K.: Aber was habt ihr denn dann gehört?
Martin: Was haben wir denn gehört? ... Debussy, Schumann und Respighi.
M.K.: Das klingt ja im Grunde genommen so ähnlich wie Dvořák.

Kathrin ist um die fünfzig und eine Frau, die weiß, was sie will. Sie wirkt verunsichert. Ihr Mann hat sie überredet, sich von uns nach Hause fahren zu lassen. Ich merke, wie schwierig es ist, Vertrauen zu meinen Fahrgästen aufzubauen. Eine Kamera, ein kleiner Scheinwerfer und ein Mikro sind auf Kathrin gerichtet, und damit nicht genug: Das Publikum strömt aus dem Konzerthaus und schaut neugierig zu.
Ich möchte, dass sich meine Fahrgäste zu jeder Zeit wohlfühlen. Rasch wechsle ich für den im slawischen Klassikmeer schwimmenden Martin das Thema und gebe Kathrin ein bisschen Zeit, sich an uns zu gewöhnen, indem ich ihren amerikanischen Freund begrüße. Dann geleite ich sie in mein kleines ruhiges Taxi.

Kathrin: Nun erklär mir erst mal, was das hier eigentlich für ein Programm ist.
M.K.: Wir machen eine kleine Sendung für den rbb, und ich fahre durch Berlin mit meinem verrückten Taxi und spreche Menschen an, so wie dich zum Beispiel.

Kathrin: Du bist eigentlich gar kein Taxifahrer. Du weißt jetzt also gar nicht, wie du fahren sollst.
M.K.: Doch. Steig ein. Der Ritt ist kostenlos.
Kathrin: Nur deswegen hab ich mich darauf eingelassen.

Im Taxi plaudern Kathrin und ich ein wenig über ihren Job als Richterin und ihr Hobby, die Musik. Denn wenn sich Kathrin nicht um zankende Kleingärtner, zu laute Kinder oder reklamierte Waschmaschinen kümmert, dann spielt sie Klavier. Das ist ihr wunderbarer Ausgleich zur deutschen Kleingeistigkeit, die zu oft ihren Weg in die Gerichte findet. Kathrin möchte rasch nach Hause. Sie muss packen, denn morgen nimmt sie an einem Bigband-Workshop in der Toskana teil.
Natürlich warte ich immer, bis unser Gast sicher in seinem Haus verschwindet. Erst dann fahre ich weiter. Die Heimatadressen der Gäste werden in der Sendung nicht genannt, und wir filmen die Verabschiedungen immer so, dass man später nicht erkennt, wo unsere Gäste zu Hause sind, die Privatsphäre muss gewahrt bleiben. Kathrin bekommt dennoch am Ende des Gesprächs große Zweifel, ob sie als Richterin die Erlaubnis zur Veröffentlichung des Interviews geben darf. Wir haben deshalb dieses Gespräch und einige andere Gespräche nicht ausgestrahlt und in diesem Buch auch gekürzt dargestellt.

Die ganz hervorragenden Hannoveraner
Vom Ku'damm in die ausgezeichnete *Paris Bar*

Ich schlage Wudiewilt vor, mal auf den Ku'damm zu fahren, denn die Vorstellungen der dortigen Theater enden bald. Volltreffer. Ein älteres Paar in schicker Abendgarderobe steuert vom Boulevard beschwingt auf meine Taxe zu. Er ist schon etwas ergraut und hager, sie wirkt etwas jünger und hat lange dunkle Haare.

M.K.: Kommen Sie ruhig rein.
Er: Wir wollen aber nur in die *Paris Bar*.
M.K.: Ja, da fahre ich Sie hin. Das ist doch ein Angebot.
Er: Dann laden wir Sie gleich zum Essen ein, wenn Sie wollen.
M.K.: Sie laden mich zum Essen ein oder ich Sie?
Er: Können Sie das bezahlen?

1:0 für den Ku'damm-Winker! Der Hannoveraner entpuppt sich als *ganz hervorragend* spontan und *ausgezeichnet* schlagfertig. Aber warum verrät er uns nicht, wie er heißt?

Er: Ja, wir sind … nicht aus Berlin.
M.K.: Wo kommen Sie her?
Er: Aus Hannover.
M.K.: Und sind im Urlaub hier?
Er: Nein, wir sind ab und zu hier, weil unsere Tochter hier studiert hat, und wir haben so einige gute Restaurants lieb gewonnen und einige gute Stücke, z. B. im *Theater am Ku'damm*.
M.K.: Apropos, wie wars?
Er: Ganz hervorragend! Ausgezeichnet! Und morgen geht es in die *Distel*.
M.K.: Und jetzt in die *Paris Bar*?
Er: Wegen der französischen Zwiebelsuppe!
Sie: Und der Bouillabaisse!
Er: Wir hätten Sie jetzt eingeladen …
M.K.: Wie? Ich könnte da jetzt mitgehen, und wir könnten noch ein bisschen plaudern? Ich bin dabei.

Er: Aber Sie können hier nicht raus.
M.K.: Ich kann hier raus, Sie werden lachen. Das gehört nämlich zum Rezept dieser Sendung, dass ich auch mit meinen Gästen mitgehe.
Er: Kein Problem, ich kürze das Haushaltsgeld – und dann sind Sie eingeladen.

Das Lachen bleibt mir im Hals stecken, als ich plötzlich mitten auf einer Kreuzung bemerke, dass der Leithirsch verschwunden ist. Ich biege ab, nehme den Fuß vom Gas und halte am Straßenrand. Die Straße ist leer, mein Funk verstummt. Mir dämmert, dass ich ohne Vorausfahrzeug komplett verloren bin in der großen Stadt. Gut, dass mir das gleich in der ersten Nacht passiert.
In der Aufregung bemerke ich nicht, dass ich diese Ecke von Berlin eigentlich kenne und wir nur wenige hundert Meter vor der *Paris Bar* stehen. Natürlich bin ich darauf trainiert, immer weiter zu spielen, was auch passiert. Aber in diesem Moment bin ich mit meinem Fernseh- und Taxi-Latein am Ende. Mein Puls rast. Hektisch schaue ich durch die sich beschlagenden Scheiben und rede nur noch Unsinn. Nur gut, dass die Hannoveraner ihren Humor nicht verlieren.

M.K.: Jetzt müssen wir nur gerade gucken ... Ich habe mein Begleitfahrzeug sozusagen verloren.
Er: Hätten Sie mal jemanden vom FBI engagiert. Die hätten Sie nicht verloren.
M.K.: Die Leute denken ja immer, alles ist vorbereitet und alles ist geschrieben und dass ich die Leute, die in mein Taxi einsteigen, kenne ...
Sie: Aber wir kennen Sie nicht.
Er: Haben Sie keinen Funk?

M.K.: Eigentlich ja. Aber jetzt habe ich sie echt verloren und höre sie auch nicht mehr. Wir sitzen fest. Das ist live! Das tut mir leid.
Er: Kein Problem. Abenteuer ist immer gut.
M.K.: Ja, Sie erleben was in Berlin.

In meinem Kopf rattert es. Ich könnte aussteigen und jemanden fragen. Aber da ist niemand. Also hoffe ich, dass der Wieduwilt mich sucht und gleich wieder vor mir auftaucht. Aber warum sollte er das tun? Wir stehen ja nur noch ein paar Taxilängen von der *Paris Bar* entfernt. Er denkt sich, der Kessler wird schon kommen, und schlabbert schon die Bouillabaisse. Der Hannoveraner setzt in der Taxe zum 2:0 an …

Er: Sie haben so viele Apparate. Haben Sie kein Funktelefon?
Sie: Kein Handy?
M.K.: Nein, ich habe einen Funk. Aber sie sind jetzt nicht mehr in Reichweite.
Er: Ach! Haben Sie denn nicht gesagt, dass wir in die *Paris Bar* fahren?
M.K.: Doch, hab ich. Aber ich werde normalerweise geleitet. Wissen *Sie*, wie man in die *Paris Bar* käme? Nein, natürlich nicht.
Sie: Ja, über die Kantstraße.
M.K.: Wir sind jetzt hier am Bahnhof Zoo.

Warum in die Ferne schweifen? Sieh, das Gute liegt so nah. Mein Verstand befindet sich aber außer Reichweite, während mein Handy durchaus in Griffweite und die *Paris Bar* in Sichtweite liegt! Ich schleiche wie ein Neunzigjähriger mit Tempo 5 über die Kantstraße.

Sie: Fasanenstraße, wo sie die Kantstraße kreuzt. Da müssen wir hin.

M.K.: Das heißt, Sie leiten mich jetzt einfach mal?

Sie: Fasanenstraße, wenn Sie die finden …

M.K.: Wir versuchen es. Wir sind auf der Kantstraße …

Sie: Sind wir?

M.K.: Ja.

Sie: Dann brauchen wir nur geradeaus fahren, und vorne links ist ja dann die *Paris Bar* … Da links, wo es rot ist.

M.K.: Da! Da steht auch schon unser Begleitfahrzeug.

Er: Ja, sehen Sie? Meine Frau hat ein gutes Gedächtnis!

Halleluja! Vor der *Paris Bar* steht mein gut gelauntes und entspanntes Team und wundert sich, warum ich für die paar Meter so lange gebraucht habe. Ich bin reif für Schockraum und Reha, aber da gibt der Wieduwilt schon das Zeichen, dass wir in der Bar drehen dürfen. Natürlich ist die *Paris Bar* total überfüllt und laut. Schließlich feiert dort gerade Herr Wewerka seinen siebzigsten Geburtstag. Auch wenn ich zu diesem Zeitpunkt nicht weiß, wer Herr Wewerka ist, wissen seine Enkel, wer ich bin. Sie machen mehrere Fotos mit mir und lassen sich auf unzähligen Bierdeckeln Autogramme geben, die am nächsten Tag wahrscheinlich gegen harte Euros auf dem Schulhof verdealt werden. Nach ein bisschen Tische- und Stühlerücken kann ich am Tisch der Hannoveraner Platz nehmen.

M.K.: Wie lange sind Sie schon verheiratet?

Er: Dieses Jahr dreißig Jahre. Mit einer Frau!

M.K.: Und haben Sie sich in Hannover kennengelernt?

Sie: Ja, das war ganz traumhaft!

Er: Bei *Liebe*. Kennen Sie *Liebe* in Hannover?

M.K.: Nein.

Er: Das ist ein Traditionshaus. Mode und Parfümerie. Ganz hervorragend! Alter hannoverscher Adel, sag ich mal so. Und in dem Haus *Liebe* habe ich meine Frau, wie würde man heute sagen … *angebaggert*, oder wie?
M.K.: Ja, so würde man das sagen.

Der Lärm in der Bar macht unserem Mann vom Ton zu schaffen. Vom Nebentisch schalten sich zwei weinselige Tischnachbarn ein, die Bodenständigkeit signalisieren. Ihr Dialekt klingt vertraut. Aber werden Adel und gemeines Volk miteinander sprechen?

Mainzer: Wir kommen aus Mainz.
M.K.: Aus Meenz? Isch bin Wiesbadener! Die Herrschaften hier kommen aus Hannover.
Mainzer: Und meine Frau kommt aus Bochum.
M.K.: In Bochum war ich auf der Schauspielschule, da schließt sich der Kreis. Obwohl ich keine wirkliche Beziehung zu Hannover habe, muss ich sagen …
Er: Aber Sie müssen ja wissen, da ist der Bundeskanzler her. Der vorhergehende, nicht die jetzige.
Bochumerin: Da wird das beste Deutsch gesprochen, hochdeutsch!
Er: Sagt man. Ja.
Bochumerin: Aber Hannover ist langweilig! Warst du mal in Hamburg?
Er: Ja, letzte Woche zum Benfizkonzert, bei … Das will ich lieber nicht sagen. Aber ich kann Ihnen sagen, wer dirigiert hat: Eiji Oue ist der Chefdirigent vom NDR. Der ist Japaner! Der hat als erster Japaner der Welt in Bayreuth dirigiert, dieses Jahr. Ganz hervorragend! War ganz ausgezeichnet!

Mit großem Interesse stelle ich fest, dass die gemeinen Mainzer den Hannoverschen Adel duzen. Das muss am vielen Rotwein liegen. Ich greife die Idee des Volkes auf, duze Hannover einmal ganz hervorragend, um dann beim Gefrieren der Hannoverschen Miene sofort ganz ausgezeichnet zurückzurudern.

M.K.: Da du ja der Älteste am Tisch bist ... Oh, da gibt es Zweifel: Wir bleiben beim *Sie*.
Er: In Hannover ist das schwierig. Wir sind ein bisschen steifer.
M.K.: Beim Beruf waren wir stehen geblieben.
Er: Industriekaufmann. Ein Unternehmer. Aber inzwischen nicht mehr. Meine Frau sagt zwar, ich würde noch arbeiten, aber ich tue weniger als früher.
M.K.: Seit wann sind Sie hier in Berlin?
Er: Seit heute Morgen. Zum Frühstück. Aber wo, sagen wir Ihnen nicht. Doch wir sagen es Ihnen: Bei Herrn Goldstein. Der ist ein ganz hervorragender Geschäftsführer in einem sehr, sehr guten Restaurant.

Während wir auf die ganz ausgezeichnete Bouillabaisse warten, sprechen wir über die Hannoversche Freizeitgestaltung. Gott sei Dank haben die feuchtfröhlichen Mainzer aber noch eine Frage und eine ganz hervorragende Überraschung für uns parat.

Er: Wir reisen gerne in die USA. Wir haben da eine Immobilie.
M.K.: Florida!
Er: Palm Beach! Sie kennen sich aus?
M.K.: Ich kenne mich aus. Ich habe zwar keine Immobilie dort, aber ich hätte gern eine. Dann verbringen Sie wahrscheinlich den Winter dort?
Er: Nein, das ist uns zu lang, das würden wir nicht ertragen. Aber für vier Wochen im November und drei Wochen im Frühjahr, um den

Sommer schon mal ein bisschen einzustimmen. Aber drei Monate so wie andere, das wäre uns zu langweilig. Dafür lieben wir Deutschland zu sehr.
Bochumerin: Wir wollen morgen ins Theater.
Mainzer: Ich wollte gerne mal *Faust II* sehen. *Faust I* ist ja die ganz grandiose Berliner Aufführung von vor zwei Jahren. Das Verrückte ist, dass ich mit meinem Familiennamen Faust heiße und dass ich dann in der Schule immer mit *Faust* konfrontiert wurde, weil alle meine Lehrer immer gesagt haben: »Heinrich! Mir graut vor dir!«
Er: Das liebe ich ja, wenn Sie Faust heißen und sich dann noch angucken. Kennen Sie aus Wiesbaden die Familie Moog?
M.K.: Nein.
Er: Nicht?
M.K.: Lassen Sie mich raten: Es ist eine Unternehmerfamilie?
Er: Ja, die Familie Moog sind Nachfahren der Familie Medici!

Ach was? Das ist ein ganz hervorragendes und ausgezeichnetes Schlusswort, und bevor wir tiefer in die bessere Gesellschaft eintauchen, verabschiede ich mich.
Denn eigentlich möchte ich zu den Gesprächen unterhalb der Oberfläche vordringen, aber da wollen mich die Hannoveraner nicht hinlassen. Das passiert erstaunlich selten, aber es gehört dazu.
Als wir die *Paris Bar* verlassen, frage ich den Wudiewilt, wer »Wewerka« eigentlich ist. Der Wudiewilt klärt mich Kunstbanausen über den berühmten Berliner Galeristen auf, und schon geht es weiter mit dessen Enkeln. Die müssen nämlich nach Opa Wewerkas Geburtstagsparty ins Bett und brauchen in der Tat ein Taxi. Es ist das einzige Mal, dass ich Kinder an Bord habe und nicht nur Taxifahrer, sondern auch das Sandmännchen bin.

Wolfgang und die Schweinchen

Von der Galerie *Treff* nach Hause

Die nächste Begegnung ist sonderbar und exemplarisch für die unterschiedlichen Temperaturen und Farben einer Nacht. Ein seltsamer Mann, Mitte sechzig. Er ist einfach gekleidet, trägt eine Brille und hat einen Leinenbeutel dabei. Ich schalte von Sandmännchen auf Seelsorge und übernehme keine Gewähr für den Inhalt dieses äußerst rätselhaften Gesprächs.

M.K.: Darf ich *Du* sagen oder sollen wir beim *Sie* bleiben?

Wolfgang: Also ich bleib beim *Sie.* Sie können machen, was Sie wollen.

M.K.: Dann bleib ich auch beim *Sie.* Wolfgang, wo kommen Sie jetzt her?

Wolfgang: Von der Galerie *Treff*.

M.K.: Was war da los?

Wolfgang: Da waren hervorragende Jazzmusiker. Eine tolle Combo. *Summertime* und so, und eine hervorragende Trompete, die mir aufgefallen ist. Und da gibts Liveacts. Das ist ein Geheimtipp. Das ist eine der ältesten und profiliertesten ... Aber wirklich, Geheimtipp in Berlin, wo sehr gute Künstler ihre Bilder ausstellen.

M.K.: Großer Jazzfan?

Wolfgang: Großer Jazzfan. Da sind Jazzmusiker, die auch wirklich große Auftritte haben, also Farbige ... Und eine Stimmung, das kann man sich gar nicht vorstellen. Das macht eine Freundin von mir, eine Bekannte, die schon im Fernsehen war und das alles im Vereinscharakter macht – null Profit.

M.K.: Wer ist das?

Wolfgang: Sie hat diese Sendung mit vorbereitet, was war das noch?

Das laufende Band. Sie ist sowieso Fernsehgeschichte. Ich sag immer Fanny Lehwald zu ihr. Das war eine Größe im 19. Jahrhundert, die Veranstaltungen gemacht hat. So eine Feministin. Rothaarig natürlich. Zinnoberrot.

M.K.: Sind Sie Berliner?

Wolfgang: Nein. Ich komme aus Kiel und habe aber Kiel abgeschrieben und möchte eigentlich nie wieder diesen Boden betreten, weil Kiel wirklich wilhelminisch ist. Der Mief von der wilhelminischen Zeit und von schlimmeren Zeiten ist dort zu spüren. Ja, es ist wirklich tragisch, da zu leben. Wir kamen damals aus Görlitz, und gerade Fremde haben es dort nicht leicht. Lotti Huber hat dieselbe Station gemacht. Die ist in Görlitz geboren, und dann ist sie nach Kiel und dann nach Berlin gegangen, und sie wohnte in derselben Straße, wo ich gewohnt habe. Bei mir gegenüber. Wir haben oft zusammen getrunken und gescherzt. Ja. Ich bin eben auch Comicautor. Das merkt man mir zwar nicht an – ich bin auch todernst –, und trotzdem bin ichs. Also, ich habe so die Dreieinigkeit. Da habe ich Szenekneipen beobachtet, anhand von Pinguin-Schweinchen und Kaninchen, die dort immer Geschichten erleben. Haben wir als Buch rausgegeben, und das ist leider völlig vergriffen. Ich hatte mit dem *Zeit-Magazin* Verhandlungen, das war alles schon ganz weit fortgeschritten. Es sollte in Folgen abgedruckt werden, aber dann wurde ich sehr schwer krank. Danach ist der Art Director weggegangen, und der Kontakt war verloren.

M.K.: Aber Sie schreiben immer noch?

Wolfgang: Mir fallen immer noch Geschichten ein.

M.K.: Wovon handeln die?

Wolfgang: Die handeln von Schweinchen. Das sind die großen Magnaten mit ner Fliege und nem dicken Portemonnaie. Da gibts natürlich auch arme Schweinchen, reiche Schweinchen. Eins heißt zum

Beispiel Aristoteles, und die Kaninchen sind die liebenswerten Geschöpfe, die vor ihrem Cocktail sitzen, und den bis zum Ende auspressen und warten, bis ein Schweinchen sie erlöst von ihrem traurigen Dasein. Und die Pinguine sind diejenigen, die diese Atmosphäre beflügeln und begleiten und dann eben Getränke servieren. Und dann gibt es immer zweiteilige Geschichten. Aufgeschnappt in Kneipen, teilweise völlig originell. Otto Waalkes war begeistert davon.

M.K.: Müsste man mal einen Film draus machen.

Wolfgang: Würde ich gerne machen. Ich hätte da auch schon eine Idee. Den Film würde ich nennen: »Fall und Aufstieg des Ninchen Marilyn« ... »Fall und Aufstieg«! Also, die kommt da an einen Film-Magnaten und so weiter und so fort. Lotti Huber hat gesagt, sie ist vor Lachen aus dem Bett gefallen, als sie es gelesen hat, weil sie ja diese Kneipenszene kennt. Diese Sachen sind alle sehr witzig und sehr liebenswert, wenns die Tierchen machen, aber wenns die Menschen machen, dann isses gar nicht mehr witzig und charmant. Da bin ich absoluter Moralist. Ja, dann ist es absolut fürchterlich mit fürchterlichen Konsequenzen. Sowohl was den Alkohol als auch Pleiten und Betrügereien und ähnliche Dinge betreffen. Aber in diesen Sachen ist es liebenswert und symbolhaft.

M.K.: Sie leben aber nicht vom Schreiben?

Wolfgang: Nein, nein, nein! Ich bin eigentlich Theologe! Theologie, Mathematik und Germanistik habe ich studiert. Und wollte auch noch was anderes machen. Ich beschäftige mich gerne mit schönen Dingen. Ich umgebe mich auch in meiner Wohnung mit schönen Dingen.

M.K.: Das heißt ...?

Wolfgang: Mit vielen Familienmitgliedern. Also, vom Löwen bis zum Kaninchen ist alles da. Pflanzen sind mir sehr wichtig. Mein Freund hat einen grünen Daumen, das ist sensationell. Schöne Bananen, Palmen und Feigen. Ich habe dafür gar keine Begabung. Aber meine Großmutter hatte eine große Begabung! Die hat immer diese Balkon- und Vorgartenwettbewerbe gewonnen, auch noch mit neunundneunzig Jahren.

M.K.: Wolfgang, wir sind da. Vielen Dank! Aber Sie müssen jetzt nichts bezahlen, ich habe auch gar keine Uhr.

Wolfgang: Dann müssen Sie das pauschal abrechnen.

M.K.: Nein, nein, nein!

Wolfgang: Spenden Sie es.

M.K.: Also gut.

Wolfgang: An was spenden Sie das?

M.K.: Wo sollen wir es denn spenden?

Wolfgang: Ich würde sagen, Überfalltelefon von *Mannometer*. Da habe ich auch neulich gespendet. Weil es da immer wieder Übergriffe gibt und die die Leute betreuen. Gerade auch Versicherungen behandeln Schwule extrem unfair. Aber das überlasse ich Ihnen, das ist Ihr Geld.

M.K.: O.k., das werde ich machen. Vielen Dank.

Wolfgang verschwindet langsam und gebückt in einer dunklen Toreinfahrt. Ich gebe Wieduwilt den Geldschein für die Überweisung und fahre weiter. Das Gespräch hat mich etwas verstört. Es wird immer wieder Momente in der Taxe geben, in denen ich nicht weiß, ob ich eine wahre oder eine unwahre Geschichte höre. Ich schalte den Taxifunk an und lausche dem nächtlichen Funkverkehr. Hier spricht man mit Berliner Schnauze eine eigene Sprache. Da muss ein »Raucher nach Tempelhof« oder ein »Großraum über Handy in die Görlitzer«.

Marlango und der große Knall

Von Mitte zur *Bar 25*

Berlin ist international, und die Nacht-Taxe ist es auch. Menschen aus den unterschiedlichsten Regionen der Welt steigen in meine Droschke ein. Dann sprechen wir Englisch oder mit Händen und Füßen.

Auch in dieser ersten Nacht habe ich internationale Gäste. Drei Männer und eine Frau, alle zwischen zwanzig und dreißig Jahre alt. Sie sind cool gekleidet, tragen Parkas. Es handelt sich um eine ziemlich aufgedrehte und vergnügte Truppe. Die Frau ist eine deutsche Fotografin. Die drei Männer sind Musiker, zwei kommen aus Spanien und einer aus den USA. Alle sind zur *Popkomm* in Berlin. Jetzt möchten sie in eine Bar und feiern. Die Fahrt macht großen Spaß und kommt mir gar nicht spanisch vor, doch sie nimmt ein schlimmes Ende.

Pamela: Hola!

M.K.: Hola! Qué tal?

Alejandro: Muy bien!

M.K.: Wir haben spanische Gäste an Bord!

Alejandro: Somos Españoles!

M.K.: Und wo wollt ihr hin?

Pamela: Du, uns wars hier viel zu voll. Wir wollen in die *Bar 25*. Du, weißt du was? Die hier, die zwei, die sind eigentlich hergekommen, weil sie gestern Abend einen Auftritt hatten bei der *Popkomm*! Die heißen *Marlango*.

M.K.: Was für Musik macht ihr?

Amerikaner: It's a mixture of everything, I guess. It's like the melting pot of music. Jazz. It's what we call *No man's land*. We don't belong to any kind of music group.

Pamela: Well, the instruments are piano, trumpet, voice. Aber die Sängerin ist schon ins Bett.

M.K.: Warum sprichst du so gut Spanisch?

Pamela: Weil ich da gelebt habe … Alejandro hat gerade gesagt, dass das ein guter Moment ist, weil er das erste Mal in Berlin ist und sie aufgetreten sind. Und sie werden sehr berühmt. Sie kommen aus Madrid.

M.K.: Du bist aus NY, Chicago und du?

Amerikaner: He is from a small town in Cantabria and he is from Segovia.

Pamela: Kennst du die Filme von Almodóvar?

M.K.: Ja, ich habe eben *Volver* gesehen.

Pamela: Leonor, die Sängerin, hat mitgespielt in dem Film *Sprich mit ihr*.

Oscar: Somos muy famosos!

Amerikaner: Our record will be out on January 19. So, pick it up at your local record store!

M.K.: Hier wird sehr kräftig Werbung gemacht. *Marlango* – hat das eine Bedeutung?

Pamela: Ja, Susi Marlango ist eine Person in einem Tom Waits-Song, die er besingt.

M.K.: Und was macht ihr heute Nacht noch?

Pamela: Wir wollten eigentlich so ein bisschen Party machen, aber das ist heute alles nichts. In dem anderen Club gabs grad ne Schlägerei.

M.K.: Wie hast du die Jungs überhaupt kennengelernt?

Pamela: In Madrid, wir kennen uns schon seit ewigen Zeiten.

M.K.: Hast du auch was mit Musik zu tun?

Pamela: Nein, ich habe sie fotografiert.

Amerikaner: So, you take us all to Madrid now, right?

M.K.: Ja, wir fahren jetzt nach Madrid!

Wir stehen vor der *Bar 25* und verabschieden uns, da sagt Alejandro einen Satz auf Spanisch. Es ist der letzte Satz, der fällt, bevor es einen fürchterlichen Schlag im Heck der Taxe gibt und wir alle für eine Sekunde nach vorne geworfen werden. Auf den Bändern sieht man, wie innerhalb einer Sekunde die Heiterkeit auf unseren Gesichtern dem blanken Entsetzen weicht.

Die Spanier drehen sich um und schauen aus dem Heckfenster. Ich kann im Rückspiegel nichts erkennen. Pamela sieht sich um. »Scheiße! Motorcycle!« Wir reißen die Türen auf und steigen aus. Hinter der Taxe liegt ein zerstörter Motorroller. Auf dem Bordstein sitzt der Fahrer. Er ist uns offensichtlich aufgefahren. Wir eilen zu ihm und merken erst allmählich, welch ungeheures Glück er hatte. Ihm ist nichts Schlimmes passiert, er hat nur ein paar Schrammen. Er war einen Moment lang unaufmerksam gewesen, hatte sich umgedreht und die Straße aus den Augen verloren. Mit fast fünfzig Sachen sieht er plötzlich unser Taxi vor sich, bremst, kommt ins Schleudern, lässt den Roller los und landet irgendwo am Bordstein. Eine Zivilstreife der Bundespolizei hält und verständigt die Kollegen. Das kann jetzt dauern. Es ist Freitagnacht, und die Polizei hat alle Hände voll zu tun. Wir stehen auf einer großen, verlassenen vierspurigen Straße, es herrscht kaum noch Verkehr, und es wird kalt. Die Spanier helfen reizend und verabschieden sich irgendwann in die Bar. Wir kümmern uns um den geschockten Rollerfahrer, der aber keinen Krankenwagen braucht. Als er seinen schrottreifen Roller sieht, schüttelt er den Kopf. Er hatte ihn sich erst vor einer Woche gekauft, und mir tut das alles unendlich leid.

Immer wieder denke ich, dass dieser Unfall, gleich zu Beginn unserer Dreharbeiten, ein schlechtes Omen für unsere Sendung ist. Ich hatte mit vielem gerechnet, aber damit nicht. Alle Bänder im Taxi stehen still, nur der Warnblinker ist zu hören. Müde tragen wir den zerstörten Roller auf den Gehweg. Nebenbei müssen wir uns Kommentare verdrogter und besoffener Nachtschwärmer anhören. Stunden vergehen, bis die Streife kommt und den Unfall aufnimmt. Dann bestellen wir dem Rollerfahrer ein Taxi, verabschieden uns von ihm und beenden diese Nacht. Ich danke Gott, dass nichts Schlimmeres passiert ist. Der Rollerfahrer hatte einen Schutzengel, und wir in gewisser Weise auch.

Dem letzten Satz des Spaniers vor dem Aufprall haben wir nie Bedeutung beigemessen, schließlich haben wir diese Begegnung nicht ausgestrahlt, weil sie eine zu ernste Wendung nahm. Beim Sichten des Materials ließ ich seinen Satz aus Neugier ins Deutsche übersetzen und bekam Gänsehaut: »Notiere dir diesen Tag in deinem Kalender! Eines Tages wirst du dich erinnern an diesen Moment.« – Es gibt eben keinen Zufall.

DIE ZWEITE NACHT

Man hat einfach ein mulmiges Gefühl, wenn man sich nach einem Unfall wieder ans Steuer setzt. Nun trifft mich beim Unfall von letzter Nacht keine Schuld, dennoch fühle ich mich bleiern, als ich die Taxe wieder besteige. Als Schauspieler bin ich darauf trainiert, mich unter Kontrolle zu haben und zu funktionieren. Also konzentriere ich mich auf diese neue Nacht.

Journalist Jean und seine Freunde
Vom Potsdamer Platz ins Hinterhaus nach Kreuzberg

Es dauert nicht lange, und da winken auch schon die ersten Gäste: Ein Paar, gut gekleidet, Anfang vierzig, aus Frankreich. Sie wollen nach Kreuzberg zu Freunden, auf eine Party, und haben eine Plastiktüte bei sich, in der ein paar Fläschchen klirren. Die Frau spricht kein Wort Deutsch und hält sich vornehm zurück. Er spricht dafür umso mehr, und das auch noch mit diesem charmant-französischen Akzent.

M.K.: Wo kommen Sie her aus Frankreich?
Jean: Aus Paris … Was machen Sie mit das?
M.K.: Ich muss das Licht oben ausmachen, sonst kriege ich Ärger von den Kollegen. Sie kommen aus Paris, und was machen Sie in Berlin?
Jean: In Berlin, ich bin, äh, Journalist. Für eine Radiosender. Französische Radio.

M.K.: Und Sie berichten aus Berlin über alle möglichen Themen? Politik? Kultur?

Jean: Alle Thema. Kultur, Sport, Papst ...

M.K.: Papst?!

Jean: Papst.

M.K.: Gefällt es Ihnen in Berlin?

Jean: Ja, ja!

M.K.: Vermissen Sie nicht Paris? Das gute Essen, den guten Rotwein?

Jean: Sie haben auch gute Wein in Deutschland!

M.K.: Aber nicht Rotwein.

Jean: Äh, das nicht.

M.K.: Es sind deutsche Freunde, die euch eingeladen haben? Oder französische?

Jean: Beide.

M.K.: Uns interessiert natürlich brennend: Bringst du deutschen Wein oder französischen Wein mit?

Jean: Das ist ... portugiesischer Weißherbst.

M.K.: Und der andere?

Jean: Ein Californian Rosé.

M.K.: Oh, lecker. Wie viele Leute werden kommen?

Jean: Oh, ich weiß nicht genau. Aber vielleicht, puh ... Sagen vielleicht, äh, dreitzig?

M.K.: Dreißig?

Jean: Sie haben umgezogen, und ich glaube, sie feiern das.

M.K.: Glauben Sie, es wäre möglich, dass ich Sie auf die Feier begleite?

Jean zückt sein Handy und beglückt irgendeinen Berliner auf Französisch. Nach etwa einer Minute finden Anrufer und Angerufener heraus, dass sie falsch miteinander verbunden sind. Jean legt auf und wählt erneut. Diesmal erwischt er den Richtigen, und die deutsch-französische Freundschaft flammt auf: Ich darf mitkommen!

Marie und die Liebe

Als wir das Kreuzberger Ziel erreichen, marschieren wir mit Kamera und Mikro berlinklassisch durch Vorderhaus, ersten Hinterhof, erstes Hinterhaus, zweiten Hinterhof, im zweiten Hinterhaus endlose Stufen hinauf in eine überfüllte Altbauwohnung, in der die Stimmung bereits kocht. An der Wohnungstür werden wir von der sympathischen Französin Marie auf Deutsch begrüßt. Marie ist Ende zwanzig, ebenfalls Journalistin und die Gastgeberin dieser Einweihungsparty.

Marie: Ich kenne Sie!
M.K.: Sie spricht Deutsch!
Marie: Ja klar, es sind viele Leute hier, die Deutsch reden.
M.K.: Und was steht da auf deinem T-Shirt? »Es ist Liebe!«
Marie: Ja, mein Freund ist extra für mich umgezogen, und deshalb feiern wir heute Abend.
M.K.: Das ist ein schöner Grund. Wir haben Wein mitgebracht … Wir sagen mal kurz »Hallo«, dürfen wir?
Marie: Ja, klar. Das ist mein Freund.
M.K.: Du bist der Freund: »Es ist Liebe«. Du bist der Freund, der extra aus Paris nach Berlin gekommen ist?
Pierre: Genau.

M.K.: Das ist wirklich Liebe. Darf ich fragen, wo Ihr euch kennengelernt habt? In Paris oder in Berlin?

Pierre: In Köln.

M.K.: Vor wie vielen Jahren?

Pierre: Eine Jahre und eineinhalb. Ich arbeitete in Paris und wollte herkommen, um Marie wiederzufinden.

M.K.: Bist du auch Journalist?

Pierre: Ja, ich arbeitete für eine französische Fernseh.

M.K.: Und kein Heimweh nach Frankreich?

Pierre: Nee, nee.

Es gibt Pizza, Käse, Oliven, Prosecco und den Klassiker, der auf keiner Party fehlen darf: Nudelsalat. Inmitten der Nachbarn, Freunde und Kollegen weckt eine kleine Dame, die ich auf Mitte vierzig schätze, mein Interesse. Sie hat schwarze lange Haare, dunkle Augen und ist schwarz gekleidet. Die Dame spricht mit starkem südländischem Akzent und ist wenig begeistert, als ich sie nach ihrem Namen frage, der englisch klingt.

Die strenge Mary

M.K.: Mary? Where are you from, Mary?

Mary: Warum sprichst du nicht auf Deutsch? Bist du ein Deutscher?

M.K.: Ich bin Deutscher.

Mary: In jede Haus kommst du mit deine Kamera?

M.K.: Nicht in jedes. Nur zu netten Menschen.

Mary: Zu »netten«? Was ist »nett«?

M.K.: Ihr seid nette Menschen.

Mary: Was ist »nett«? Diese Adjektiv versteh ich nicht.

M.K.: Kennst du nicht das Adjektiv »nett«?

Mary: Ich mag nicht. Was ist »nett«?

M.K.: Nette Menschen sind sympathische Menschen.

Mary: Weil das ist eine gewöhnliche Wort hier in Deutschland. »Nett, nett« …

M.K.: Ja, »nett« ist vielleicht ein etwas neutrales Wort.

Mary: Neutral? Ich bin keine neutrale Mensch!

M.K.: Sondern? Was für ein Mensch bist du?

Mary: Ich bin ganz eine Frau. Einfache Frau.

M.K.: Wo kommst du her, wenn ich fragen darf?

Mary: Imaaagine!

M.K.: Was?!

Mary: Imaaagine! … Stell vor, wo ich her!

M.K.: Ich würde tippen auf: Spanien.

Mary: Nein. Stell vor!

M.K.: Italien?

Mary: Nein.

M.K.: Aber Süden?

Mary: Süden. Mittelmeer.

M.K.: Ist es vielleicht Jugoslawien, die Richtung?

Mary: Nein.

M.K.: Und jetzt versagen auch noch die Geografie-Kenntnisse nach den Französisch-Kenntnissen. Was könnte es noch sein? Gib mir einen Tipp.

Mary: Kein Tipp.

M.K.: Die Frau ist knallhart.

Mary: Kennst du alle Länder rund um …

M.K.: … das Mittelmeer? Nordafrika grenzt an das Mittelmeer.

Mary: Nein.

M.K.: Dann haben wir Portugal, Spanien, Italien, Jugoslawien … Griechenland!
Mary: Griechenland! Ich komme von Rhodos, ich bin Griechin.
M.K.: Dann müssen wir gleich anstoßen und sagen: »Jamas!«
Mary: Was bedeutet »Jamas«?
M.K.: Zum Wohl, Gesundheit.
Mary: Aber wir sagen »Jamas« auch wie »Hallo«. Immer Gesundheit! Wir wünschen dir Gesundheit!
M.K.: Du lebst aber jetzt in Berlin?
Mary: Ich arbeite hier als Lehrerin! Ich unterrichte die griechische Sprache in eine europäische Schule.
M.K.: Und vermisst du Griechenland?
Mary: Nein, ich geh im Sommer. Auf Urlaub. Sie sind Deutscher?
M.K.: Ja.
Mary: Was machen Sie?
M.K.: Ich bin Schauspieler.
Mary: Schauspieler? Und Sie spielen in ein Theater?
M.K.: Auch, und im Fernsehen.
Mary: Fernsehen? O.k., ich gucke nicht Fernseher. Ich gucke nicht. Ich sehe nicht. Ich gucke nicht. Aber was für ein Tag? Wo, wo, wo?
M.K.: Ich spiele ab und zu auch hier in Berlin am *Theater am Kurfürstendamm*.
Mary: Ach, *Theater am Kurfürstendamm*. Ah, leichte Werke, hä?

Die Lehrerin mag offensichtlich kein Boulevardtheater und verzieht das Gesicht, als würde sie in verdorbenen Ziegenkäse beißen. Kessler, setzen! Sechs! Versetzung gefährdet! Bevor mich Mary mit dem Rohrstock verprügelt, verabschiede ich mich und widme mich dem nächsten illustren Gast der Party. Ein junger Mann, Mitte zwanzig, aus Fernost, grinst mich schon eine Weile aus der Ecke an. Aber auch der Asiat im Wollpulli entpuppt sich als äußerst harter Brocken. Vielleicht sind das ja alles gar keine Journalisten, sondern Top-Agenten des Secret Service.

Kim-il Bond

M.K.: Wo kommst du her?
Koreaner: Woher komme ich? Ja, das ist hier die Frage.
M.K.: Ich möchte jetzt nicht wieder in ein Fettnäpfchen treten, aber es kommen die Länder in Betracht: China, Japan, Nordkorea, Südkorea, Vietnam, Thailand und Singapur. Mehr fällt mir, glaube ich, nicht ein. War eins dabei?
Koreaner: Richtig.
M.K.: Dann gib mir einen Tipp.
Koreaner: Vielleicht gefährlichste Land.
M.K.: Das gefährlichste Land? Gut, da würde ich mal sagen: Nordkorea.
Koreaner: Das ist sehr diplomatisch. Ja, das ist richtig.
M.K.: Kim Jong-il, sozusagen. Das ist der gefährliche Mann, von dem wir sprechen?
Koreaner: Ja, vielleicht.
M.K.: Kannst du mal was sagen auf Nordkoreanisch?
Koreaner: Das darf ich nicht.
M.K.: Die Sprache darfst du außerhalb des Landes nicht sprechen?
Koreaner: Ich muss nur auf Deutsch sprechen.
M.K.: Ach so, damit du Deutsch lernst. Und seit wann bist du in Berlin?
Koreaner: Seit einem Jahr.
M.K.: Das heißt, du bist bis vor einem Jahr in Nordkorea gewesen?

Koreaner: Ja, vielleicht.
M.K.: Ich verstehe. Wir sprechen über ein anderes Thema. Bist du auch Journalist?
Koreaner: Nein, das ist Geheimnis.

Ich komme mir vor wie ein Zahnarzt beim Zähneziehen. Der Koreaner mit seinen zwei Bechern Rotwein in der Hand führt mich an meiner großen Nase herum. Also blase ich zum Abmarsch. Im Flur hält mich der fast zwei Meter große, gertenschlanke und äußerst feminine Nachbar aus dem zweiten Stock auf. Er schaut offensichtlich lieber ins Glas als in den Fernseher, denn er hält uns sofort für ein französisches Filmteam.

Herr Nachbarin

Nachbar: Kommt das ins Fernsehen in Frankreich? I love Frankreich!
M.K.: Du bist im rbb.
Nachbar: Rbb? Toll! Auf welchem Sender denn?
M.K.: Rbb ist der Sender.
Nachbar: Nee, auf welchem …
M.K.: Du hast auch schon Rotwein getrunken, oder?
Nachbar: Nee, ich bin immer so durchgeknallt!
Marie: Eine große Künstler!
M.K.: Du bist ein großer Künstler? Was macht der?
Marie: Er verdient sein Geld als Sängerin und Tänzerin.

Ich versuche, mir Herrn Nachbarin singend und tanzend im Fummel vorzustellen, doch meine Phantasie reicht irgendwie nicht aus. Mit Gastgeberin Marie plaudere ich in ihrem Büro ein wenig über die vergangene Fußball-Weltmeisterschaft in Deutschland und den kleinen französischen Zwischenfall, der auch mit »Z« beginnt und mit »idane« endet.

Marie liebt Deutschland

Marie: Er hat eine Rote Karte gekriegt, tja. Und dann sind wir nicht Weltmeister geworden.
M.K.: Wir leider auch nicht.
Marie: Obwohl doch! Ich war immer beeindruckt.
M.K.: Weil die Stimmung hier so gut war?
Marie: Ja, die Stimmung war super, und ich finde schon, dass Deutschland diese Weltmeisterschaft gewonnen hat. Es gab so viele positive Eindrücke, positive Nachwirkungen. Viele französische Kollegen sind hergekommen, die zum ersten oder zweiten Mal in Deutschland waren, und die haben gesagt: »Oh, es ist wunderbar! Was für ein Land! Das Wetter war wunderbar und der Biergarten, einfach alles. Ah, ich komm mal wieder!« Das ist eigentlich mein Beruf, den Franzosen Deutschland zu erklären oder zu erzählen. Ich war sehr froh, dass kein Neonazi dabei war und kein Terrorattack, es war schön, eine tolle Zeit, ich hab richtig Spaß gehabt.

Mit dieser charmanten Einschätzung und einem herzlichen *Merci beaucoup* verabschiede ich mich und mache mir keine Sorgen mehr um das deutsch-französische Verhältnis. Ich freue mich, dass es noch intakte Hausgemeinschaften gibt, die gemeinsam feiern und lärmen. Gehen sich doch die meisten Nachbarn heutzutage aus dem Weg, grüßen sich nicht mal im Hausflur oder jagen sich gegenseitig die Polizei auf den Hals. Wir alle sind überrascht und dankbar, dass uns das Experiment zu gelingen scheint, Menschen in ihrem Zuhause filmen und interviewen zu dürfen.

Tina, Marco und der O-Saft
Kurzstrecke in Neukölln

Ich steige in meine Taxe und nehme Kurs auf Neukölln, den Stadtteil, der vor einiger Zeit durch den Zoff an der »Rütli-Schule« von sich reden machte. Ich picke ein junges Pärchen auf der Straße auf. Es ist auf dem Weg zu einer Geburtstagsparty, die angeblich alkoholfrei ist. Er ein langer Lulatsch, sie eher zierlich. Ist die Neuköllner Jugend besser als ihr Ruf? Warum grinsen die beiden brav wirkenden Teenies unablässig im Fond? Und warum sind sie so wortkarg? Werde ich hier mit null Promille verschaukelt?

M.K.: Wo gehts hin?
Tina: Zum Geburtstag.
M.K.: Eine Feier? Darf ich mitkommen?
Tina: Äh …
M.K.: Wer feiert denn?
Tina: Ne Freundin.
M.K.: Von euch?
Tina: Also, wir kennen sie auch nicht richtig. Aber so einmal gesehen.
M.K.: Seid ihr aus Berlin?
Tina: Ja.
M.K.: Und was macht ihr?
Marco: Wir gehen noch zur Schule.
M.K.: Seid ihr ein Paar?

Marco: Ja.

M.K.: Seit wann?

Marco: Zwei Jahre und vier Monate.

M.K.: In derselben Klasse?

Marco: Ja, waren wir.

M.K.: Was bringt ihr mit?

Tina: Was zu trinken.

M.K.: Was denn?

Marco: Äh ...

Tina: Orangensaft.

M.K.: Ihr trinkt nur Limo und Orangensaft, keinen Alkohol?

Tina: Sowieso nicht.

M.K.: Ihr spinnt ja wohl, ihr lügt mich doch an.

Tina: Nee.

M.K.: Wie? Aus Prinzip trinkt ihr keinen Alkohol?

Tina: Ja.

M.K.: Wie kommt das?

Marco: Vielleicht abschreckende Erfahrungen.

M.K.: Von Mitschülern?

Marco: Auch.

Tina: Wir dachten, alle trinken, dann trinken wir mal nicht.

M.K.: Und trinken wirklich alle?

Marco: Ja.

M.K.: Ihr raucht auch nicht?

Marco: Nee.

M.K.: Hat das auch religiöse Gründe?

Tina: Nee.

M.K.: Wie alt seid ihr?

Marco: Achtzehn.

Tina: Ich bin siebzehn.

M.K.: Ich glaube, wir sind da. Es sieht aus wie ne Kita. Meinst du, ich darf mit rein? Oder findet ihr das jetzt ganz peinlich?
Tina: Peinlich nicht, aber wir wissen nicht, ob ... Wir können ja vorher mal reingehen und fragen.

Die beiden nehmen ihre Plastiktüten, in denen die alkoholfreien Flaschen mächtig klappern, und gehen in die Kita. Ich folge mit Kamera und Mikro. Bis die beiden mit ihren Freunden die Lage gecheckt haben, gehe ich erst mal in einen leeren Nebenraum, in dem einsam eine Lichtorgel zu Heavy-Metal-MP3s flackert, die vollautomatisch ohne DJ durch die Kita dröhnen. Auf einem Tisch warten Fladenbrot, Chips und Käsekuchen auf einen Abnehmer, unter dem Tisch stehen Gummistiefel, Größe 23. Mein junger antialkoholischer Winker kehrt mit einem neugierigen Kumpel zurück, der offensichtlich zu viel O-Saft intus hat.

Marco: Es ist nicht so gut.
M.K.: Dann gehe ich wieder.
Kumpel: Aber ich bleib noch hier.
M.K.: Du bleibst noch hier?
Kumpel: Sie müssen gehen, aber ich bleibe hier.
M.K.: Trotzdem danke, dann wünsche ich euch ne schöne Feier.
Kumpel: Ich kenne Sie aus dem Fernsehen!
M.K.: Na so was!
Kumpel: Kennen Sie mich auch aus dem Fernsehen?
M.K.: Ich kenne dich auch. Weil, wenn ich Fernsehen mache, da gucke ich ja immer raus aus dem Fernseher und sehe alle Menschen, die mich sehen, und deswegen kenne ich dich natürlich auch.
Kumpel: Ich bin berühmt!

Wir merken, dass wir nicht wirklich willkommen sind, und bewegen uns Richtung Ausgang. Aus dem Partyraum strömen ein paar neugierige Mädchen. Sie beobachten uns, während sie an ihren Plastikbechern nippen.

M.K.: Ja, ja, wir gehen ja schon.
Mädchen: Wir bringen nur was zu trinken.
M.K.: Und was gibts?
Kumpel: Orangensaft – mit Ananassaft!
M.K.: Dann viel Spaß noch!

Ob der Orangensaft wirklich nur mit Ananassaft gemischt ist, geht mich gar nichts an. Vielleicht haben die Teenies nach dem ganzen Rütli-Zoff Angst vor der Kamera. Vielleicht sind sie auch minderjährig und der Schuss im O-Saft zu hochprozentig für ihr Alter. Vielleicht ist es wirklich nur eine Saftparty? Ich weiß es nicht, aber ich sehe viel, wenn ich nachts unterwegs bin. Viel Alkohol. Vor allem bei den jungen Winkern. Und damit meine ich nicht nur Bier und Wein. Viele schießen sich am Wochenende gerne rituell beim Flatrate-Saufen ab. Ab drei Uhr finden wir kaum noch nüchterne Fahrgäste. Früher trank nur der Penner auf der Straße, heute ist es schick, mit der Pulle in der Hand auf Kneipentour zu gehen. Im Taxi bekomme ich zu hören, dass eine Party ohne Alkohol keine Party ist. Das ist traurig. Alkohol tötet nicht nur Menschen, er tötet auch Gefühle – und die Kommunikation.

Filis bringt es auf den Punkt

Kurzstrecke in Neukölln

Ich setze mich in die Kiste und fahre weiter durch Neukölln. Mein nächster Fahrgast heißt Filis. Sie ist Türkin, um die dreißig, schwer bepackt mit Tüten und Beuteln. Sie wirkt ein wenig fahrig, müde und zerstreut, will nicht zu viel von sich erzählen. Aber auch auf einer Kurzstrecke können wichtige Sätze fallen.

M.K.: Kommst du von der Arbeit?
Filis: Nee, ich geh zu Besuch. Meine Freundin hat Geburtstag.
M.K.: Wie alt wird sie?
Filis: Sechsunddreißig.
M.K.: Was arbeitest du?
Filis: Als Kellnerin.
M.K.: Hier in Neukölln?
Filis: Nee ... ist egal.
M.K.: Darf ich fragen, wo du ursprünglich herkommst?
Filis: Aus der Türkei.
M.K.: Çok güzel!
Filis: Güzeldimi.
M.K.: Wie viele Leute kommen zu der Party?
Filis: Weiß ich nicht. Eigentlich, mir ist auch ja wurscht, wie viel Leute es kommen. Hauptsache bin ich da, weil es ist meine beste Freundin. Und was die andere ... ob die jetzt kommen oder nicht, mich interessiert überhaupt nicht.
M.K.: Ist sie auch Türkin?
Filis: Ja.
M.K.: Wo kommst du her aus der Türkei?
Filis: Aus der Stadt Ankara. Aber ich bin schon lange hier. Seit 1982.

M.K.: Bist du mit deinen Eltern hergekommen?

Filis: Meine Mama war hier.

M.K.: Und fühlst du dich wohl?

Filis: Ich finds gut hier.

M.K.: Vermisst du Ankara manchmal?

Filis: Nein, da bin ich auch Ausländer. Hier bin ich auch Ausländer … Sie sind aber kein Taxifahrer, oder?

M.K.: Nein.

Filis: Das merkt man.

M.K.: Ich tue nur so. Das merkt man, weil ich nicht weiß, wo es hingeht?

Filis: Aber soll ich Ihnen einen Rat geben? Die Taxifahrer sind sehr gute Freund, weil Sie können alles mit ihnen reden, weil Sie sehen ihn nur einmal. Zweite Mal sehen Sie ihn nicht. Deswegen.

M.K.: Wie heißt du?

Filis: Filis.

M.K.: Hat das eine Bedeutung im Türkischen?

Filis: Doch, wenn Blume blutet, weißt du. Das ist das. Das heißt das.

M.K.: Wenn Blume »blüht«?

Filis: Wenn Blume blüht, heißt das: Filis.

M.K.: Oh, wie schön.

Filis: Ja, ist schön …

Ich zeige Filis unseren türkischen Talisman am Rückspiegel. Das *Blaue Auge* bzw. *Maşala* oder *Boncuk*. Es soll den bösen Blick fernhalten, und ich glaube, dass es das auch tut.

M.K.: Hast du das gesehen? Ich hab hier das *Auge*, das uns schützt.

Filis: Das ist ein Maşala … Hier anhalten. Aber Sie haben die Uhr nicht angestellt?

M.K.: Du musst gar nichts bezahlen, es ist kostenlos.
Filis: Sie müssen noch bisschen doller Türkisch reden.
M.K.: Tamam. Was bringst du mit auf die Party? Ein bisschen Wein?
Filis: Ich habe jetzt einen Wodka mitgenommen und Bier und ein Fanta. Voriges Montag hab ich ihr ein Geschenk gekauft, deshalb braucht sie jetzt keins.
M.K.: Meinst du, ich darf vielleicht mitkommen?
Filis: Nein. Ich will nicht. Ich glaube nicht, dass sie das möchte. Weil wir singen da, wir tanzen da. Ich bin doch die Sängerin, ich singe.

Wie gerne wäre ich mitgegangen. Vielleicht das nächste Mal. Das Feiern haben viele Völker uns voraus. Auf welcher deutschen Party singt und tanzt man zusammen denn so ausgelassen und schmeißt Teller? Wir haben weder die Lieder noch die Tänze, und das gute Meissener bleibt bei uns im Schrank. Das wäre auch alles viel zu laut. Sie wissen ja, die Nachbarn.

Die Schluckmeisen
Mitten in Mitte

Dass es auch Ausnahmen gibt, erfahre ich nur wenige Minuten später, als ich Kurs von Neukölln nach Mitte nehme und zwei einsame ältere Damen vor einem Lokal entdecke. Liebe Kleintierzüchter, eingetragene Vereinsmeier und gutbürgerliche Bundeskegelbahner, erleben Sie jetzt den feuchtfröhlichen Cloppenburger Verein mit dem fragwürdigen Namen »Die Schluckmeisen«. Berlin ist für Seniorinnen immer eine Reise wert, vor allem, wenn man »den Alten« zu Hause lässt.

M.K.: Ihr lieben Damen! Braucht ihr ein Taxi?
Dame: Auf keinen Fall! Das haben wir alles schon hinter uns.
M.K.: Es wäre umsonst gewesen!
Dame: Das auch noch? Ja, wo wollen wir denn hinfahren?
Dame 2: Wo es schön ist!
M.K.: Wie wärs mit dem *Ballhaus*, zum Tanzen?
Dame: Nee, wir wohnen hier.
M.K.: Ist hier euer Hotel? Aber ihr geht doch nicht jetzt schon ins Bettchen?
Dame: Nee, gleich.
M.K.: Ihr wollt nicht mit, oder? Ihr habt Angst vor mir!
Dame: Ja, sicher!
M.K.: Ich seh doch ganz lieb aus.
Dame: Aber der Schein trügt! Komm, ich erzähl dir mal eben nen Witz: Der kleine Junge fragt: »Papa, heiraten eigentlich auch Kamele?« – »Ja, mein Sohn, *nur* Kamele!«

Mit viel Geschnatter verschwinden die Damen im Lokal. Da wir heute etwas Fahrgastmangel haben, entscheide ich, die Taxe zu parken und den Mädels zu folgen. An einem langen Tisch sitzen zehn betagte Meisen und zwitschern sich einen.

M.K.: So, ihr lustigen Hühnchen, darf ich mich einen Moment zu euch setzen?
Dame: Na, klar – Stühle her!
M.K.: Ich habe gerade keine Lust mehr zu fahren. Seid ihr ein Verein?
Dame 2: Ja, ein *eingetragener* Verein!
Dame: Genau, denn da können wir was von den Steuern absetzen!
M.K.: Und was für ein Verein seid ihr?

Dame: Der »Schluckmeisen-Verein«!

M.K.: Das klingt unanständig. Aber ihr kommt aus dem Norden?

Dame: Kennen Sie Cloppenburg?

Dame 2: Verregnetes Kaff.

M.K.: Aber jetzt verratet mir: Was für ein Verein seid ihr?

Dame: Wir haben schon mal gekegelt. Aber heute nicht mehr. Heute schlucken wir nur noch.

M.K.: Ihr seid ein Kegelverein im Ruhestand?

Dame 2: Richtig.

Dame: Da fehlt Ihnen die Spucke! Wir hatten alle ne Macke in jungen Jahren, aber jetzt sind wir vernünftig.

M.K.: Na ja, ihr seid ja noch junge Hüpfer.

Dame: Wir sind schon so weit, dass sie in der Straßenbahn einen Platz für uns frei machen.

M.K.: Und wann seid ihr hier in Berlin eingelaufen?

Dame: Eingelaufen? Was sind Sie denn für ein Verein? Wir sind mit dem Zug gekommen.

M.K.: Ich bin ein lustiger Verein. Ihr dachtet schon, der kleine Mann im Taxi: Abschlepper! Aber wäre ja auch nicht schlimm. Die Männer sind ja weit weg, in Cloppenburg.

Dame 2: Auf so etwas haben wir die ganze Zeit gewartet!

Dame: Ja, wir wollen endlich mal was erleben! Was meinen Sie, wie langweilig das zu Hause ist. Da muss man ja nur stricken und bügeln und all so was.

M.K.: Ihr armen Mädchen! Und die Männer, die lasst ihr schön zu Hause?

Dame: Die Männer sollen sich einfach mal erholen.

Dame 3: Denen haben wir Eintopf vorgekocht. Das brennt zwar bei denen ein bisschen an, aber das ist ja nicht so schlimm.

Dame: Die essen jeden Tag adelig.

M.K.: Was heißt das denn?

Dame: Von gestern.

M.K.: Und warum kegelt ihr nicht mehr? Habt ihr einen Kegelarm?

Dame: Nee, wir können nicht mehr kegeln. Wir haben keine Lust mehr. Die haben auch keine schönen Kegelbahnen mehr. Die machen nur noch auf Kultur und Bildung.

M.K.: Was halten die Männer davon, wenn ihr weg seid?

Dame: Die sind glücklich und zufrieden. Die haben wir gut erzogen. Wird das auch gesendet?

M.K.: Das überlegen wir uns noch mal.

Dame: Wir haben ja selber schon bei Filmen mitgespielt.

M.K.: Bei welchem Film?

Dame: Es gab mal eine Sendung, *Rund um die Talsperre*, da durften wir mitmachen, da wurde den ganzen Tag gefilmt.

M.K.: Du hast die Talsperre gespielt?

Dame: Ich war das Wasser!

M.K.: Du warst das Wasser? Sie war die Talsperre?

Dame 2: Aber eine sehr schöne Talsperre.

Dame 3: Wir waren einen ganzen Tag da, und die haben nur fünf Minuten gesendet.

Dame: Sie sind doch ein intelligenter Mensch?

M.K.: Die einen sagen so, die anderen sagen so.

Dame: Also Reinhard Mey hat es, aber einen kurzen. Arnold Schwarzenegger hat es, aber einen langen. Der Papst hat es, benutzt es aber nicht. Madonna hat es nicht. Ihr Mann hat es, aber seine Frau benutzt es. Was ist das?

Dame 2: So intelligent ist er nicht.

M.K.: Das habe ich doch gesagt, ich habe euch gewarnt.

Dame: Soll ichs sagen? … Der Familienname!

M.K.: Ah, da kommt der Ramazotti!

Dame: Mit steifem Arm zur steifen Mitte. Nach altem Brauch und alter Sitte. Lasst uns werden wie unsre Väter. Waren die Schrecken der Barbaren, auf dem Bauche grün bemoost. Schwestern! Brüder! Prost! Ich meine, wenn Sie noch was wissen müssen für Ihre Sendung, kein Problem: Fragen Sie!
M.K.: Was ist dein größtes Geheimnis?
Dame: Das erzähle ich nicht.
M.K.: Ihr führt glückliche Ehen?
Dame: Ja, das gibt es noch. Vierzig Jahre.
Dame 3: Und immer noch der erste Mann!
Dame: Aber bei mir ist es die dritte Ehe.
M.K.: Du bist die Einzige mit der dritten Ehe?
Dame: Ja, ich war immer schon mutig.
M.K.: Hast du denn wenigstens was dazugelernt?
Dame: Nee. Die sind alle gleich.
M.K.: Gibt es noch einen Traum für euch?
Dame: Ich möchte einmal richtig Rock 'n' Roll tanzen, ich finde nur keinen Partner. Und Motorrad fahren.
M.K.: Du bist aber eine wilde Braut. Hast du noch einen Traum?
Dame 2: Du wolltest doch immer mal einen anderen Mann haben, oder?
Dame 3: Nee, das wäre ein Albtraum.
M.K.: Gibts noch etwas anderes?
Dame: Worauf wir heiß sind, das machen wir, das wird gemacht!

Der Single
Von *Klärchens Ballhaus* zum *Kaffee Burger*

Nach den erfrischend emanzipierten und überdrehten Schluckmeisen wird es Zeit für etwas Melancholie. Vor *Klärchens Ballhaus* in Mitte steigt prompt ein ruhiger einsamer Mann um die fünfzig ein, und die Taxe fährt von *himmelhoch jauchzend* nach *zu Tode betrübt*. Der blasse Mitfahrer im Jackett möchte, dass ich ihn in eine andere Bar fahre. Er hat schon ein bisschen getankt und wirkt nicht gerade glücklich und zufrieden. Was tun? Wie begegne ich ihm? Welche Fragen stelle ich? Ich lasse uns Zeit und versuche, mich ihm behutsam zu nähern.

M.K.: Waren Sie gerade in *Klärchens Ballhaus*?
Mann: Ja, ja.
M.K.: Beim Schwofen?
Mann: Jo.
M.K.: Ich fands super da drin. Ich hab kurz reingeguckt. Wie lange waren Sie jetzt da?
Mann: So lange nicht. Dreiviertel Stunde.
M.K.: Sind Sie öfter da?
Mann: Ab und zu mal. Alle paar Wochen.
M.K.: Und jetzt? Was steht heute noch auf dem Plan?
Mann: Ich will mal ... Torstraße ... *Kaffee Burger*.
M.K.: Einfach mal gucken, was da los ist?
Mann: Ja, ich hab noch keinen Bock nach Hause.
M.K.: Aber Sie sind hier aus Berlin?
Mann: Nee, nee. Ich wohne schon hier, aber ...
M.K.: ... eigentlich woanders.
Mann: Eigentlich woanders, ja.

M.K.: Und warum haben Sie jetzt noch keine Lust, nach Hause zu gehen?

Mann: Weil ich noch nicht will.

M.K.: Was passiert da jetzt im *Kaffee Burger*?

Mann: Weiß ich nicht. Es kann sein, dass da Leute sind, die ich kenne. Wenn nicht, macht das auch nichts.

M.K.: Dann setzen Sie sich alleine da hin?

Mann: Nee, sitzen nicht. Ich guck, was …

M.K.: … gucken einfach mal. Tanzen Sie gerne?

Mann: Ja. Es geht so. Je nachdem, wie ich drauf bin.

M.K.: Aber gerade eben haben Sie getanzt, bei *Klärchen*?

Mann: Ja, aber nur, weil ne Frau mich aufgefordert hat. Aber das war eigentlich nicht so mein Ding.

M.K.: Ach so, deswegen ist die auch jetzt nicht dabei, die Frau. War nicht Ihr Typ?

Mann: Nee. »Ich komme gleich wieder«, sagte sie, und »ich muss auf Toilette«. Da hab ich mich abgeseilt.

M.K.: Das heißt, Sie sind ein Single?

Mann: Was?

M.K.: Sind Sie ein Single?

Mann: Sie können ja Fragen stellen.

M.K.: Und, auf der Suche?

Mann: Nö.

M.K.: Wenn sich was ergibt, ergibt sich was, und wenn nicht, nicht. Ganz entspannt, sozusagen?

Mann: Ja.

M.K.: Wie lange sind Sie heute noch unterwegs? Was glauben Sie?

Mann: Kommt drauf an, obs mir da gefällt. Wenn nicht, dann fahre ich mit dem Taxi nach Hause.

Dann steigt er aus und trottet einsam in die Bar. Es ist nicht leicht, mit einem wortkargen und unglücklichen Menschen ins Gespräch zu kommen. Vor allem, wenn er älter ist. Der Respekt vor älteren Menschen bremst mich, macht mich vorsichtig. Wird unser Single heute Nacht noch einen Menschen finden? Oder morgen Nacht? Ich wünsche es ihm. Berlin wimmelt nur so von Singles. Aber es scheint immer schwieriger zu werden, sich zu finden.

Dennis, Mika, Vuko und Nabucco
Kreuz und quer durch Mitte

Es ist schon spät. Ich suche Fahrgäste und spreche aus der Taxe drei Jungs auf der Straße an. Begeisterung: »Ey, isch kenn disch doch von Fernsehen!« Das Eis ist sofort gebrochen. Alle sind um die achtzehn Jahre alt, und die Rollen sind klar verteilt: Dennis ist Russe, ruhig und schüchtern. Mika ist Aserbaidschaner und der smarte, gut aussehende Frauentyp. Vuko ist Jugoslawe, er hat ein paar Pfunde zu viel auf den Rippen und ist der Kasper der Truppe. Alle tragen das Herz am rechten Fleck.

M.K.: So, endlich mal Stimmung in der Bude! Was läuft auf dem Handy?
Vuko: Das ist ein schönes russisches Lied.
M.K.: Seid ihr Russen?
Alle: Ja!
M.K.: Ruskje! Worum gehts in dem Lied?
Vuko: Um Liebe! Um einen Mann, der nach seiner Frau, also nach seiner Geliebten ruft. Er will einfach bei ihr sein. Er verspricht, zurückzukommen und so.

M.K.: Wie heißt dieser Sänger?

Mika: Wir kennen nur die Band ... »Ljube«.

M.K.: Hat das eine Bedeutung?

Mika: Nee, ist einfach nur ein Name.

Vuko: So wie Tokio Hotel. Buah.

Mika: Was macht ihr hier mit den Kameras?

M.K.: Wir filmen euch.

Mika: Jetzt?

Vuko: Ja klar, macht doch Spaß. Er merkt es jetzt erst – überall Kameras!

M.K.: Auf welchem Stern lebst du denn?

Dennis: Er ist ein Trekki!

M.K.: Live long and prosper. – Das heißt, ihr drei seid Russen?

Vuko: Nein! Aserbaidschaner, Russe und Jugoslawe.

Dennis: Ich bin der einzige richtige Russe.

M.K.: Ihr seid alle nicht in Berlin geboren?

Mika: Nein.

Vuko: Doch, ich! Ich bin der Einzige hier.

M.K.: Und die anderen sind nachgekommen?

Dennis: Genau.

M.K.: In welchem Alter seid ihr nachgekommen?

Dennis: Ich sehr früh, mit eineinhalb Jahren schon.

Mika: Ich mit zehn.

M.K.: Bist du heute noch ab und zu in deiner Heimat?

Mika: Ja.

Vuko: Ich fahr jede Ferien da hin, nach Jugo!

M.K.: Wohin genau?

Vuko: Nach Novi Sad.

M.K.: Und wo kommt ihr drei verrückten Jungs jetzt gerade her?

Vuko: Er war auf Arbeit, und dann haben wir ihn da überfallen. Er ist

Koch, und ich arbeite im Hotel, und das ist unser Abiturient, unser Schlaumeier.

Mika: Ich wusste gar nicht, dass die Promis auch bei Nacht arbeiten.

M.K.: Ja, siehst du mal.

Vuko: Wollen wir nicht Oranienburger fahren?

M.K.: Ja klar, fahren wir Oranienburger. Wir gucken uns die mal an.

Dennis: Ich hab eine Frau, deswegen ist das nicht gut.

Auf der Oranienburger stehen die Damen mit den weißen hochhackigen Lackstiefeln und warten auf Kundschaft. Deshalb freuen sich jetzt zwei Jungs wie Bolle. Nur Dennis hat Bedenken. Er schaut in eine der Kameras und wendet sich an seine Freundin.

Dennis: Ich liebe dich, Schätzchen!

M.K.: Wie lange seid ihr zusammen?

Dennis: Ja, nicht lange. Halbes Jahr. Bisschen länger schon.

Vuko: Die wollen bald heiraten!

Mika: Sie haben sich im Russisch-Unterricht kennengelernt. In der Schule.

M.K.: Und ihr zwei Jungs, habt ihr eine Freundin?

Mika: Nö.

Dennis: Er traut sich nicht. Das ist deine Chance, Kontaktanzeige aufzugeben!

Vuko: Ja, gib Kontaktanzeige auf! Wir haben hier einen schönen Jungen, der Mika heißt. Er sucht eine schöne, vor allen Dingen kluge Frau, die auch seinen Humor versteht. Der ist ein bisschen komisch …

M.K.: Warum hat er einen komischen Humor?

Vuko: Na ja, Aserbaidschaner …

M.K.: Wo seid ihr drei euch begegnet?

Alle: In der Schule.

Vuko: Und jetzt sind wir alle nicht mehr in der Schule und trotzdem noch zusammen.

M.K.: Das ist eine osteuropäische Rückbank. Und was macht ihr für eine Lehre?

Vuko: Wir beide machen eine Lehre zum Koch.

M.K.: Das ist toll, wenn man gut kochen kann.

Vuko: Besonders Jugos und Russen.

M.K.: Ist deine Freundin Deutsche?

Dennis: Die ist Russin.

Endlich erreichen wir die Oranienburger Straße in Mitte. Um diese Zeit ist richtig viel los. Unzählige Imbissbuden stopfen tonnenweise Currywürste und Döner in die hungrigen Mäuler der Passanten. Mehrere Damen des horizontalen Gewerbes führen in der Vertikalen zähe Verhandlungen mit Interessenten. Die Jungs schauen sich am Fenster die Nasen platt.

Vuko: Ausverkauf hier …

M.K.: Die sind alle beim Arbeiten.

Vuko: Sommer-Winter-Schlussverkauf, das gibts auch hier.

M.K.: Was ist dein Typ Frau, wie sieht deine Traumfrau aus?

Vuko: Na ja, sie muss ein schönes Gesicht haben, muss freundlich sein und Humor haben, und ansonsten nicht sehr viel … Da ist mein Wagen!

M.K.: Das ist dein Wagen?

Vuko: 130 PS!

M.K.: Der mit den Flammen drauf?

Vuko: Ja, ich schwöre! Frag Mika!

M.K.: Was ist das für einer?

Vuko: Ein Ford Fiesta. So vom Werk. Nicht getunt. Perfekt.

Mika: Seine Tür ist kaputt, deswegen darf er nicht fahren.

M.K.: Du hast ihn also sozusagen stillgelegt?

Vuko: Ja, vor zwei Tagen. Ich hab den geparkt, bin hochgegangen. Zwei Stunden später bin ich runtergekommen, und irgendjemand ist mir in die Tür gefahren. Das war ne Frau … aber nichts hier gegen die Frauen.

M.K.: Nein!

Vuko: Ihr Frauen seid super!

M.K.: Ihr fahrt auch super Auto … Was macht ihr in eurer Freizeit?

Vuko: Arbeit suchen.

M.K.: Ach, ihr jobbt nebenher?

Vuko: Um was dazuzuverdienen.

M.K.: Für Partys? Oder wozu brauchst du das Geld?

Vuko: Nee, für mich und für meine Schwester. Ich möchte ihr gerne mal was schenken oder so. Die schenkt mir auch immer was. Zum Beispiel hab ich ihr letztens Karten für »Nabucco« gekauft.

M.K.: Lebt ihr alle noch bei euren Eltern?

Dennis: Leider ja.

Vuko: Wieso leider? Hotel Mama!

Dennis: Billig, aber spätestens im Dezember will ich ausziehen und mit meiner Freundin zusammenwohnen.

Vuko: Aber das ist hier der Einzige mit so einer Meinung.

M.K.: Ihr anderen bleibt zu Hause?

Mika: Bis die Schule zu Ende ist.

Vuko: Na klar, macht mehr Spaß, als sich alleine durchzuschlagen mit dem ganzen Papierkrieg und alles.

M.K.: Und du machst bald Abitur? Hast du schon eine Ahnung, was du danach machen willst?

Mika: Wenn mein Abi gut ist, dann will ich studieren.

Vuko: Er will Urologe werden.

Mika: Nein!

M.K.: Wie kommt der denn darauf?

Mika: Das ist das einzige Gebiet, was er von der Medizin kennt.

M.K.: Wenn ihr untereinander sprecht, was sprecht ihr dann für eine Sprache?

Alle: Russisch.

M.K.: Bei euch beiden verstehe ich es ja, aber warum spricht er Russisch?

Vuko: Meine Schwester hat Russisch studiert.

M.K.: Und dann hat sie mit dir immer Russisch gesprochen?

Vuko: Genau, ich musste das immer lernen, und wo ich die Ausbildung gemacht habe, waren dann viele Russen. Und durch die hier, fünf Jahre in meiner Klasse …

M.K.: Das heißt, du sprichst das richtig?

Vuko: Ich verstehs, aber ich rede nicht so gut.

M.K.: Ihr trinkt keinen Alkohol und raucht keine Zigaretten. Tut ihr das aus religiösen Gründen?

Mika: Nein.

M.K.: Seid ihr russisch-orthodox?

Dennis: Ja, genau.

Vuko: Wir sind Christen.

M.K.: Du bist Christ?

Mika: Nein. Ich bin Moslem.

M.K.: Und du bist Christ?

Vuko: Nee, ich bin Jehovas Zeuge.

M.K.: Was bist du?

Vuko: Zeugen Jehova!

Mika: Das müssen Sie ihm glauben. Der lügt nie.

M.K.: Wars schwer für euch, einen Ausbildungsplatz zu finden?

Vuko: Total.

M.K.: Wie viele Bewerbungen hast du geschrieben?

Vuko: Hundert bestimmt. Wenn nicht noch mehr. Eigentlich wollte ich Kfz-Mechatroniker werden. Na ja.

M.K.: Was heißt »Na ja«?

Vuko: Ich hab nen Ausbildungsplatz als Koch bekommen. Nicht mein Traumjob.

M.K.: Vielleicht kannst du ja irgendwann noch mal wechseln?

Vuko: Ich bewerbe mich nächstes Jahr.

M.K.: Und was ist dein Traumjob?

Mika: Arzt.

M.K.: Aber nur Urologe!

Mika: Nee, Gynäkologe!

Vuko: Aber hat Spaß gemacht heute.

Mika: Das nennt man Zufall.

M.K.: Glaubt ihr an Zufälle?

Mika: Heut ist ja ein Zufall geschehen.

Dennis: Schicksal.

M.K.: Ja, was ist es? Ist es Schicksal oder Zufall?

Dennis: Schicksal.

Vuko: Zufall.

Mika: Vorbestimmung.

Dennis: Schicksal. Alles ist vorbestimmt.

Vuko: Glaub ich nicht, aber ist ja egal.

M.K.: Warum glaubst du das?

Dennis: Weil ich an Gott glaube. Ich denke: Warum sind wir überhaupt hier? Warum gibts uns überhaupt? Da muss es eine höhere Macht geben, die alles vorbestimmt hat.

Mika: Konfuzius!

M.K.: Glaubt ihr beide auch an Gott?

Vuko: Ja, klar. Wer nicht an Gott glaubt, ist ein bisschen dumm. An was sollte man denn sonst glauben? An sich selber ist nie gut.

M.K.: An sich selber muss man auch glauben.
Vuko: Aber nicht, wenn das der einzige Sinn im Leben ist.
Dennis: Man darf nicht denken, dass man selber Gott ist.
Vuko: Ja, genau. Man bringt sich schnell in den Ruin.

Ich schlage den Jungs vor, in den Hackeschen Höfen tanzen zu gehen. Im anvisierten Club stellen wir alle aber schnell fest, dass wir hier nicht alt werden wollen. Dennis bringt es auf den Punkt: »Zu bonzig.« Wir fahren zurück zur Oranienburger und wollen dort noch einen Absacker nehmen. Als wir übers Trottoir flanieren, merke ich, dass vor allem Vuko es genießt, mit der Kamera durch die Stadt zu spazieren. Alle sind stolz und freuen sich, dass dieser gewöhnliche Tag in ihrem Leben eine so ungewöhnliche Wendung genommen hat. Heute stehen sie im Mittelpunkt. Wir landen in einem kleinen türkischen Imbiss zwischen Döner und Daddel-Automat.

M.K.: Ich bin auch fertig. Es ist jetzt halb drei. Prost! ... Was heißt das auf Russisch?
Dennis: Nastrowje!
M.K.: Sag mal, bist du mit deiner Schwester aufgewachsen?
Vuko: Genau, weil meine Mutter ist krank. Auf der rechten Seite gelähmt, und so hat meine Schwester auf mich aufgepasst.
M.K.: Und kümmert ihr euch um eure Mutter?
Vuko: Na klar. Wir setzen sie bestimmt nicht ins Altersheim oder so. Ist ja logisch.
M.K.: Das heißt, ihr wohnt zu dritt. Und wo ist der Vater?
Vuko: Der ist schon längst weg. Den haben wir sozusagen abgeschoben. Er hat zu viel getrunken. Und ansonsten – nichts Besonderes.
M.K.: Und ihr lebt mit euren Eltern zusammen?

Dennis und Mika: Ja.

M.K.: Hast du noch Geschwister?

Mika: Einen Bruder. Älter. Einundzwanzig.

M.K.: Geht ihr ins Theater?

Vuko: Na klar. »Nabucco«!

M.K.: Wie kamst du auf die Idee, »Nabucco«-Tickets zu holen?

Vuko: Meine Schwester wollte, seitdem ich sie kenne, also seit dem ersten Atemzug wollte sie »Nabucco« gucken. Aber wir waren nie in der finanziellen Lage, und dann hab ich durch Promotion was verdient und einfach mal Karten gekauft.

M.K.: Hast du ein Hobby?

Mika: Ich mach vieles. Fußball spielen und so.

Vuko: Er ist Torwart!

M.K.: Oh, da hab ich immer Schiss, dass ich den Ball in die Fresse bekomme.

Mika: Hatte ich schon, ich hatte alles schon. Oliver Kahn ist der beste Torwart der Welt! Ist doch so?!

Vuko: Gucken Sie sich mal sein Portemonnaie an.

M.K.: Wieso? Ist da Olli Kahn drin? Zeigen, zeigen!

Vuko: Oh, das krieg ich zurück, gell?

M.K.: Du musst auch gleich dein Portemonnaie zeigen. Zeig mal, das ist doch nicht so schlimm.

Mika: Das hat aber ein Mädchen mir gegeben.

M.K.: Ja, ja, natürlich! Da ist Olli Kahn, wie er leibt und lebt … Und du wolltest immer ins Tor?

Mika: Ja, ich liebe das Tor.

M.K.: Hast du ein Hobby?

Vuko: Football.

M.K.: Wow. Und du? Hast du ein Hobby?

Dennis: Kochen. Das ist mein Leben!

M.K.: Was kochst du am liebsten?

Dennis: Alles Mögliche. Ich habe ein Kochbuch, und da mache ich alles. Die mediterrane Küche mag ich am liebsten.

M.K.: Wäre das ein Traum von dir, so ein Starkoch zu werden?

Dennis: Ja, Fernsehsendung und so …

M.K.: Dann hat man ausgesorgt. Warum hast du vorhin gelacht, als er sagte, er sei Moslem?

Vuko: Na ja, sagen wir mal so: Ein Moslem isst kein Schweinefleisch.

M.K.: Und? Wo ist das Problem?

Vuko: Na, Moslems, sage ich mal so, dürfen kein Schwein essen. Weil Schwein ist das schmutzigste Tier, und das dürfen die nicht essen … darum. Und er isst das Fleisch. Ich denk mal, keiner hält sich so richtig daran. Selten. In seltenen Fällen.

Mika: Ich kenne Araber, die essen es, ich kenne Türken, die essen es.

M.K.: Bei alldem, was in der Welt passiert – wie fühlst du dich im Moment als Moslem?

Mika: Das ist eine schwierige Frage, die schwierigste Frage. Wie soll man sich da fühlen? Das sind nicht die richtigen Moslems, die das machen. Die tun nur so. Eigentlich. Aber in Wirklichkeit geben sie nicht das wieder, was ein wirklicher Moslem ist. Die machen eigentlich nur Schande. Das sind Terroristen. Genauso wie die anderen. Es gibt auch Christen, die Terroristen sind. Die machen es auf eine andere Weise.

M.K.: Bist du strenggläubig aufgewachsen?

Mika: Nee. Lockerer.

M.K.: Würdest du deine Kinder auch lockerer erziehen?

Mika: Sie sollen an das glauben, an was sie glauben wollen.

M.K.: Das könnten sie sich aussuchen?

Mika: Ja. Hauptsache, es gibt nur einen Gott. Für mich jedenfalls, und ich glaube an ihn.

M.K.: Betet ihr denn?

Vuko: Na klar beten wir. Das gehört ja auch dazu, oder?

M.K.: Da hast du recht.

Vuko: Oh, Mann, das ist aber auch bescheuert, was die alles so machen, von wegen: »Ich will Moslem sein, ich bring mich um.« Im Koran steht nirgendwo: Wenn du Moslem sein willst, bring dich um! Oder auch andere Sachen. Wo ist da der Grund oder der Sinn der Sache? Gott erschafft uns und sagt uns dann: »Bringt euch um!«? Da muss er uns doch gar nicht erschaffen. Oder World Trade Towers. Was die da gemacht haben, das ist einfach nur Unsinn. Ich sag mal: Leute, die nichts mit ihrem Leben anfangen können!

M.K.: Werdet ihr manchmal schräg angemacht, weil ihr Ausländer seid?

Mika: In Berlin nicht. Aber in Potsdam.

M.K.: Was ist passiert?

Mika: Wir waren auf einem Klassenausflug. Unsere Lehrerin ist eigentlich auch eine Deutsche, aber da wurden wir angemacht, und zwar dreimal ungefähr. Eine Klassenkameradin, die Kopftuch trägt, wurde angemacht, indem die so auf sie gezeigt haben. Dann wurde die Lehrerin blöd angemacht, und ein Lehrer wurde richtig geschubst. Der ist fast hingeflogen, und dann haben uns Jungs einfach angepöbelt: »Was wollt ihr hier?« oder so. Wir haben gar nicht zugehört.

M.K.: Ihr seid cool geblieben?

Mika: Man muss Größe zeigen.

Vuko: Im Gegensatz zu denen sind wir gut erzogen.

Mika: Man muss ja zeigen, dass nicht alle so sind, wie alle denken. Da gibt es ein Bild von Moslems oder von den Einwanderern: Die sind so und so, die machen alles kaputt hier, die machen Berlin schmutzig oder ganz Deutschland. Aber das ist doch gar nicht so.

M.K.: Aber natürlich ist das nicht so. Das ist absoluter Unsinn.

Vuko: Alle trinken ... Totenstille.

Kein Wunder. Wir sind hundemüde vom Philosophieren. Langsam laufen wir zurück zum Taxi. Ich schaue hinauf zum Himmel. Es ist eine sternenklare Nacht, und ich denke an die Zeit, in der Menschen sich unter diesem Himmel um ein Feuer versammelten und sich Märchen aus Tausendundeiner Nacht oder einfach nur von ihrem Alltag erzählten. Auch die Taxe hat einen Himmel und es gibt Feuer. Der Himmel ist zwar nur aus Stoff und das Feuer kommt aus dem Zigarettenanzünder, aber das ändert nichts daran, dass wir uns auch in der Taxe Geschichten erzählen. Wahre und unwahre. Das Leben in unserer Multikulti-Gesellschaft wird nicht einfacher. Es gibt große Unterschiede zwischen Religionen, Sitten und Traditionen. Nur durch das Gespräch werden wir voneinander lernen und uns mit dem nötigen Respekt einander annähern, uns füreinander interessieren und uns gegenseitig tolerieren. Der Glaube kann dabei helfen. Und viel Herz. Die drei Jungs haben das längst verstanden, das hat mich tief beeindruckt. Ich fahre sie zum U-Bahnhof Potsdamer Platz. Sie müssen in alle Himmelsrichtungen und nehmen jetzt die Bahn. Wir verabschieden uns herzlich, und ich bin dankbar für eines der schönsten Gespräche dieser neun Nächte.

DIE DRITTE NACHT

Es wird die erste und letzte Sonntagnacht sein, in der ich mit der Nacht-Taxe meine Runden drehe. Zum einen merken wir, dass unsere Kräfte nach drei Nächten hintereinander schwinden, zum anderen ist sonntags nicht genug los. Nicht einmal in der Hauptstadt.

Adam, Kate and me
Vom *Ritz-Carlton* in den *China Club*

Ich kreuze ewig durch Berlin und finde keine Winker. Durch Zufall fahre ich am *Ritz-Carlton* vorbei und entdecke eine große Menschenmenge, die vor dem Hotel wartet. Ich parke meine Taxe spontan zwischen den Stretch-Limousinen und gehe mit Kamera und Mikro auf die wartende Horde der Autogrammjäger zu.

M.K.: Auf wen wartet ihr?
Fan: Adam Sandler.
M.K.: Adam Sandler ist hier in der Stadt? Hat der eine Filmpremiere?
Fan: Nein, ne Preview.
M.K.: Und war die schon oder ist die noch?
Fan: Die war schon.
M.K.: Habt ihr ihn schon mal gesehen?
Fan: Ja.
M.K.: Und, Autogramme bekommen?
Fan: Ja.

M.K.: Du hast eins? Darf ich es sehen? ... Adam Sandler ist in der Stadt! Hollywood ist in der Stadt! Wann kommt der? Was meint ihr?
Fan: Sofort. Mit Kate Beckinsale!
M.K.: Wer ist denn ... Kate, wer?
Fan: Kate Beckinsale. *Van Helsing* und *Pearl Harbour* ...

Plötzlich wird es hektisch am roten *Ritz-Carlton*-Teppich. Adam Sandler rauscht im gelben Poloshirt, von Bodyguards umgeben und mit Zigarre im Mund, aus dem Hotel. Die Fans kreischen hysterisch, und ich natürlich auch, denn ich will jetzt unbedingt ein Autogramm. Ich stelle mich zwischen die Fans und reiche Adam einen Zettel. Innerhalb einer Sekunde zieht er mit einem Filzer einen verwackelten Strich über den Zettel, und ich denke mir: Jetzt oder nie! Auch wenn es schwerfällt, mit einer Zigarre im Mund zu sprechen, ich verstehe Adam.
M.K.: Adam, do you need a ride? I am here with my cab.
Adam: I'm all set.
M.K.: Oh, o.k.. He is set. Er braucht doch kein Taxi. Schade. Aber ich habe ein Autogramm!

Neben Adam steht eine Dame im eleganten Abendkleid, sie gehört zur Produktionsfirma und begleitet Adam Sandler. Als sie mich entdeckt, zeigt sie plötzlich auf mich, freut sich und sagt doch wirklich zu Adam ...

Dame: Hey! He is a very famous Comedian! Yes, he is!
M.K.: Yes, I'm a very famous Comedian. German Comedian.
Adam: Right on! Nice to meet you! What's your name?
M.K.: Michael!
Adam: Nice to meet you, Michael.

M.K.: Nice to meet you!

Adam: You guys, doing a show and then you ... you ...

M.K.: Right. I'm driving around in Berlin, picking up people and I just saw you here.

Dame: Maybe you wanna come to our reception now? *China Club*!

M.K.: Yeah, why not?

Dame: Yeah, you are invited! O.k.?

Adam: Alright, Michael. Nice to meet you.

M.K.: Nice to meet you!

Ich traue meinen Ohren nicht. Die Dame der Produktion lädt mich spontan zur After-Show-Party in den *China Club* ein – Berlins exklusivste Adresse. Sie überreicht mir rasch ihre Visitenkarte. Am Eingang soll ich mich auf sie berufen. Dann steigen Adam und sie in eine Limousine und gleiten davon. Ich rase wie ein aufgescheuchter Teenie zu meiner Taxe. Im Taxi blödele ich in die Kamera, biege dabei etwas zu langsam in die Straße ein und werde kräftig angehupt. Gut, dass ich eine Kamera vor mir habe.

M.K.: Ich bin jetzt ein bisschen aufgeregt. Ich habe mich lange mit Adam Sandler unterhalten und besuche jetzt die Party seiner Preview *Klick*. Ja, ist ja gut! Reg dich nicht so auf, ich muss zu Adam Sandler, du Vollidiot! Das ist eine Unverschämtheit! Der Mann muss mich doch durchlassen! Ich habe gerade mit einem Hollywood-Star gesprochen, liebe Kinder! ... Wow, ich habe ein Autogramm von Adam Sandler! Wer ist eigentlich Adam Sandler? Nein! Wir kennen natürlich Adam Sandler! Viele Filme gesehen von ihm. Der hat ja viel mit Faßbinder gedreht, schon in den Siebzigern. Ich glaube, wir dürfen die Kameras nicht mitnehmen. Hat die freundliche Dame gesagt. Die mich auch kannte. Hätte ich gar nicht gedacht.

Aber wir werden trotzdem versuchen, uns heranzupirschen an Adam Sandler …

Am *China Club* parke ich die Taxe. Vor dem privaten Nobelclub der oberen Zehntausend ist ebenfalls der rote Teppich ausgerollt, und es stehen hier noch mehr Fans als vor dem *Ritz*. Als ich nach den Hollywood-Größen über den roten Teppich gehe, herrscht Rätselraten bei den Pressefotografen. Manche drücken ihren Auslöser, manche nicht. Und als ich den Aufzug betrete, über den man in den *China Club* gelangt, versucht mich die äußerst misstrauische Security zu stoppen. Zu spät. Die Türen schließen sich. Oben in den heiligen Hallen ist die Party in vollem Gang. Meine graue Windjacke, die Jeans und Turnschuhe harmonieren so gar nicht mit den langen Abendkleidern, Smokings und Lackschuhen der Gäste. Ich fühle mich deplatziert, verdrücke eine edle chinesische Winzigkeit, um sofort Sehnsucht nach Currywurst zu bekommen. Niemand spricht mit mir, filmen dürfen wir auch nicht. Also sitze ich zehn Minuten später wieder in meiner Taxe.
Damit das Gleichgewicht der Weltmächte erhalten bleibt, setzt uns das Leben gleich ein russisches Pärchen in die Taxe. Die beiden sind um die vierzig und sprechen nur Englisch. Die Frage, wohin sie wollen, können sie erst einmal nicht beantworten, so wie sie später nicht eindeutig sagen können, ob sie Freunde oder nur Kollegen sind. Ich fahre die beiden in ein Hotel, in einer sehr verlassenen Ecke von Berlin. Vor der Verabschiedung frage ich, ob sie jetzt schlafen gehen. »Sooner or later we go to bed.« Ich zügele mich, möchte nicht indiskret sein. Dann steigen die beiden aus und gehen ins Hotel. Wir müssen die Bänder der Kameras wechseln und stehen eine kleine Ewigkeit vor dem Hotel. Unsere Russen stehen währenddessen in der Lobby und reden. Haben wir den beiden jetzt den Abend versaut? Plötzlich verabschieden sie sich voneinander. Sie huscht ins Zimmer,

er huscht aus dem Hotel, ignoriert uns, steigt in ein bestelltes Taxi und fährt davon. Haben sie sich nicht getraut, aufs Zimmer zu gehen, weil sie beide auf Videoband festgehalten wurden? Hatten sie ein kleines Missverständnis über den weiteren Verlauf des Abends, oder hat er sie, wie ein russischer Gentleman, einfach nur nach Hause gebracht? Wir wissen es nicht, und es wird eines der vielen kleinen Rätsel bleiben, die uns diese Nächte aufgeben.

Matthias – Der Sammler und Trompeter
Von Mitte nach Charlottenburg

Mit frischen Bändern und Batterien stelle ich mich vor die *Komische Oper*, da ist heute Premiere, und vielleicht gabeln wir ja noch ein paar verstreute Premierengänger auf. Es ist schon gegen eins. Nach einer Weile läuft ein großer kräftiger Mann um die vierzig mit einem riesigen Staubsauger auf die Taxe zu.

M.K.: Was ist das für ein Gerät, das du da mitführst?
Trompeter: Das ist eine tibetanische Langtrompete. Eine »Dun Chen«, und ich muss die mit nach Hause nehmen, weil ich sie in den nächsten Tagen brauche. Ich komme gerade aus der Oper, wir hatten Premiere.
M.K.: Du hast die Premiere aber auf einer normalen Trompete gespielt?
Trompeter: Ja, ja.
M.K.: Ah, in dem Täschchen ist die normale Trompete. Und du bist im Orchester von der *Komischen Oper* als Trompeter? Ist das die Berufsbezeichnung?
Trompeter: Ähm, ja …

M.K.: Orchestertrompeter, Trompeter oder nur Peter?

Trompeter: Du stellst ja ganz schön schwierige Fragen.

M.K.: Du kennst die Berufsbezeichnung deines eigenen Berufes nicht? Orchestermusiker wahrscheinlich.

Trompeter: Ja. Also, wenn ich im Ausland bin, dann muss ich immer »Artist« schreiben.

M.K.: Hast du Musik studiert?

Trompeter: Ja, ich war auf der Folkwang Hochschule in Essen.

M.K.: Die kenne ich doch. Da habe ich mal vorgesprochen. Mich wollten die aber nicht.

Trompeter: Ich war immer ganz fasziniert, weil es dort unglaublich sportliche Menschen gab: Die Schauspieler. Die sahen alle viel besser aus als die Musiker, und wir sind immer ganz frühmorgens üben gegangen, damit wir den Rest des Tages gucken konnten.

M.K.: Und ihr hattet gerade Premierenfeier?

Trompeter: Ja, aber jetzt gehts ins Bett. Ich muss morgen schon wieder in die Bütt. Da beginnen die Proben mit dem Symphonieorchester. Schweres Stück.

M.K.: Nämlich?

Trompeter: »Petruschka« von Strawinsky. Das ist nicht ganz ohne für Trompete, und da muss man etwas auf dem Punkt sein. Bei leichteren Stücken würde ich sagen, man darf auch mal länger auf der Premierenparty bleiben. Ich habe auch schon mal ne Milch getrunken heute Abend.

M.K.: Und seit wann spielst du Trompete?

Trompete: Ich glaube, seit ich musste … Ich musste damals anfangen, als ich sechs Jahre alt war.

M.K.: Darf ich dir verraten, dass ich auch mal Trompete gespielt habe?

Trompeter: Nein! Na dann …

M.K.: Eine B-Trompete. Was packst denn du da jetzt aus?

Trompete: Eine B-Trompete.

M.K.: Um Gottes willen!

Trompeter: Und eine tibetanische Langtrompete! Kannst du das noch?

M.K.: Dann spiele ich auf der B-Trompete und du auf der tibetanischen?

Trompeter: Das würde ich machen, aber dein Taxi ist zu klein.

M.K.: Ach, die kann man ausziehen?

Trompeter: Ja, die ist noch etwa viermal so lang.

M.K.: Wir sind gerade im Regierungsviertel. Ob ich da blasen darf? Könnte die Polizei gleich kommen ... Ich habe von etwa elf bis vierzehn gespielt, im CVJM.

Trompeter: Dann kannst du noch einen Choral spielen?

M.K.: Ja, genau. »Ein feste Burg ist unser Gott.«

Trompeter: Und »Grober Klotz wir hobeln dich«?

M.K.: Ich müsste es gleich mal probieren. Aber ich hoffe, du hast die Spucke rausgemacht. Denn das müssen die Trompeter immer zwischendurch machen. Sie müssen die Ventile öffnen und ein bisschen den Speichel ablassen, der sich im Instrument sammelt. Deswegen gibt es immer so kleine Pfützen unter den Trompetern und Posaunisten.

Trompeter: Das ist Kondenswasser, keine Spucke.

M.K.: Kommst du aus einem klassischen Musikerhaushalt?

Trompeter: Ja, genau. Es gibt zwei klassische Karrieren bei den Blechinstrumenten: Die einen kommen aus der evangelischen Kirche und sind aus dem Posaunenchor, die anderen kommen aus der Blaskapelle. Zu denen gehöre ich.

M.K.: Du warst also im Schützenverein?

Trompeter: Ja, wir haben das eine oder andere Schützenfest verarztet.

M.K.: Ich würde ja wirklich gerne ausprobieren, ob ich es noch kann,

ich habe ewig keine mehr gespielt. Um die Berliner Mitbürger jetzt nicht nachts um eins aus dem Bett zu schmeißen … Ich sehe gerade, wir passieren Siegessäule und Tiergarten. Ob wir hier vielleicht mal kurz anhalten und die Instrumente testen? Was hältst du davon?
Trompeter: Ja, wir können hier einen kleinen Siegesmarsch spielen.

Wir halten direkt an der Siegessäule und bauen die Trompeten zusammen. Die Dun Chen entpuppt sich als tibetanisches Alphorn. Thomas und ich spielen eine Art »Jagdgebläse«, das durch den dunklen Tiergarten schallt und wahrscheinlich alles vertreibt, was da so kreucht und fleucht. Am Ende schrauben wir das Blech wieder auseinander und fahren weiter.

Trompeter: An dir ist ja ein echter Profi verloren gegangen.
M.K.: Vielleicht sollte ich wieder anfangen?
Trompeter: Das wissen ja die wenigsten: Trompetespielen war mal olympische Disziplin.
M.K.: Wie?
Trompeter: Bei den panhellenischen Spielen, also nicht nur im Olymp, gab es nämlich die Disziplin der Trompeter und Herolde. Man weiß leider nicht ganz genau, wie die Disziplin ausgetragen wurde, aber es gibt einige Hinweise von griechischen Geschichtsschreibern … Da war es zum Teil für das gegnerische Heer wichtiger, einen Trompeter gefangen zu nehmen, als einen General, weil die Signale von Trompetern durchaus kriegsentscheidend sein konnten. Du kannst mit einem Trompetensignal ein ganzes Heer stoppen.
M.K.: Machst du auch nebenher Gigs?
Trompeter: Ja, klar. Weil es auch ganz wichtig ist, dass man als Musiker im Orchester Kammermusik macht. Also in kleineren Besetzungen. Man spielt mit anderen Musikern zusammen, und dadurch wer-

den wieder andere Sinne und andere Techniken geschult, die wichtig sind. Wenn man nur im Orchester spielt, dann wird das sehr eintönig.
M.K.: Was hörst du für Musik?
Trompeter: Ich höre nicht viel Musik. Am liebsten höre ich gesprochene Reportagen. Musik ist automatisch auch ein Bereich, den ich analysieren muss. Also, wenn ein Orchester eine Beethoven-Symphonie spielt, dann höre ich natürlich: Wie spielen dort die Trompeten? Also analysiere ich. Und da ist Musik, die z. B. aus Tibet oder aus Nepal oder aus der Karibik kommt, viel angenehmer für mich. Die kann ich nicht analysieren. Davon verstehe ich zu wenig. Ich bin nicht in der Kultur groß geworden, und so kann ich die wirklich ohne Analyse hören.
M.K.: Wie hast du diese Langtrompete eigentlich im Flieger von Tibet hierherbekommen?
Trompeter: Die konnte ich nicht mitnehmen. Die habe ich dort bei einem Instrumentenmacher bestellt. Das war ganz spannend, weil das auch ganz spezielle Leute sind, ich habe eine Woche gesucht, um die überhaupt zu finden.
M.K.: Sammelst du Instrumente?
Trompeter: Ja, ich sammle, das ist auch eine Leidenschaft. Im Sommer war ich in Afrika und habe in Äthiopien Instrumente gesammelt. Die haben eine Menge zu erzählen in Äthiopien.
M.K.: Welches Instrument hast du aus Äthiopien mitgebracht?
Trompeter: Ich habe mehrere Sachen mitgebracht. Also, die Äthiopier haben eine alte christliche Kultur. Angeblich haben die ja die Bundeslade. Und mit der Bundeslade, die in Israel geklaut wurde, haben sie angeblich auch biblische Trompeten mitgebracht, und nach denen habe ich dort geforscht. Ich habe sogar ein Instrument gefunden. Es ist zwar nicht ganz so alt wie aus der Bibel, aber immerhin hundertfünfzig Jahre, und wir haben die Möglichkeit bekommen, es zu ver-

messen und auszuloten. Wir versuchen gerade, so ein Instrument zu rekonstruieren – dann kannst du auch mal auf einer Meleket spielen.
M.K.: Es sind aber nicht nur Blasinstrumente?
Trompeter: Ich interessiere mich natürlich mehr für die Blasinstrumente. Wenn ich jetzt auch noch anfangen würde, Trommeln zu sammeln, dann müsste ich anbauen. Es gibt nun mal Tausende von Trommeln, und die sind überall unterschiedlich und auch oft riesig groß …

An dieser Stelle steigt unser Blechbläser aus. Das nächtliche Live-Konzert an der Siegessäule werde ich nicht vergessen. Mit ein bisschen leiser Jazzmusik aus dem Radio rollen wir durch das menschenleere Berlin zurück zur Basis. Es ist noch gar nicht so spät, aber es ist Sonntag. Die meisten Menschen sind am Sonntagabend zu Hause, sehen den *Tatort* und gehen dann auch schon ins Bett. Nachdem mich Mario an der Basis entkabelt hat, falle ich auf die rechte Seite meiner Matratze, schlafe wie ein Stein und träume von Melekets und Dun Chens.

DIE VIERTE NACHT

Es ist was los in Berlin! Der Wudiewilt hat recherchiert, dass heute die »Porno-Messe« stattfindet. »Nichts wie hin!«, sage ich und setze mich in meine Taxe, die mir langsam zum vertrauten Wohnzimmer wird. Ich habe mich in ihr inzwischen gemütlich eingerichtet und gewinne sie mehr und mehr lieb. In dieser vierten Nacht steuern wir Richtung Funkturm. Er ragt, wie immer, hell erleuchtet in die Luft und weist heute, einem überdimensionalen Phallus gleich, den Porno-Fans den Weg zur Fachmesse. Die hat ihren Höhepunkt allerdings schon hinter sich und geht gerade zu Ende. Ich drehe eine Runde auf dem postkoitalen Parkplatz und beobachte gespannt, wie die Messebesucher aus der Halle ejakulieren. Da läuft der Rentner mit Hut neben den Twens mit Baseballcap. Der reiche Arzt neben dem Hartz-IV-Empfänger. Einige rauchen die Zigarette *danach* und schleppen Tüten voller Magazine, DVDs und Gerätschaften.

Tobias, Nadine und Sandy über Liebe, Lust und Logopädie
Vom Funkturm nach Spandau

Auf dem Parkplatz entdecke ich drei Leute um die zwanzig, die etwas verloren in der Dunkelheit auf einem Blumenkübel sitzen. Ich frage sie, ob sie ein Taxi benötigen. Die drei sind gehörlos und möchten eigentlich mit den Öffentlichen nach Hause fahren. Aber ich fahre sie ja umsonst und sie sind bepackt mit Tüten, also steigen sie ein und freuen sich. Und ich freue mich auch: auf einen superscharfen Messebericht aus erster Hand von Tobias, Nadine und Sandy, der übrigens ein Junge ist und kein Mädchen.

M.K.: Seid ihr das erste Mal auf so einer Erotikmesse gewesen?

Sandy: Also, ich war schon öfters. Tobias war zum ersten Mal und Nadine das dritte Mal.

M.K.: Wie kommt ihr auf die Idee, dahin zu gehen?

Sandy: Einfach aus Neugier.

M.K.: Ich war noch nie auf einer Erotikmesse. Ich stelle mir vor, dass es dort Dinge zu kaufen gibt wie Videos, Magazine, Spielgeräte – und Show?

Sandy: Genau. Showeinlagen. Strips und solche Sachen, und dann gibt es auch das Spielzeug zu kaufen und DVDs.

M.K.: Was kostet das an Eintritt?

Sandy: So fünfundzwanzig Euro.

M.K.: Puh, das ist aber auch nicht ohne.

Sandy: Das ist nicht gerade sehr günstig, aber dafür, dass man ein paar Sachen umsonst oder Informationen kriegt, Autogrammstunden oder Fotos mit den Stars …

M.K.: Habt ihr Autogramme bekommen?

Sandy: Ja, viele.

M.K.: Das ist alles in der Tüte drin? Ich möchte wissen, was in dieser Tüte drin ist. Zeigst du mir das? Was habt ihr gekauft?

Sandy: T-Shirt …

Sandy nimmt ein T-Shirt aus der Tüte und hält es in die Kamera. Es trägt vorne die Aufschrift »Kuscheln?« und auf der Rückseite die Aufschrift »Nee, ficken!«. Dann packt er seine Tüte aus.

M.K.: Ziehst du das auch an?

Sandy: Ja, das ist zwar hart, aber lustig.

Nadine: Und viele Autogramme.

Sandy: Schlüsselanhänger …

Tobias: DVD…

M.K.: Aha. *Blondinenparade, Teil 1, Das kleine Schwesterchen*. Gutschein auf der Rückseite. Guckt ihr gerne Pornos?

Sandy: Ja.

Tobias: Ab und zu.

Sandy: Und du?

M.K.: Ich habe auch schon Pornos geguckt.

Tobias: Wenn die Eltern nicht da sind, was?

M.K.: Genau! Guckt ihr das zusammen? Seid ihr Singles?

Sandy: Nee, wir sind zusammen.

Sandy zeigt auf Nadine, die zwischen den beiden Jungs in der Mitte sitzt. Die beiden halten stolz ihre Ringe in die Kamera und grinsen. Alle drei tragen Hörgeräte. Durch ihre Behinderung mischen sie manchmal den deutschen Satzbau neu ab und sprechen nicht ganz so artikuliert wie unsere Hannoveraner.

M.K.: Verheiratet?

Nadine: Nee, verlobt.

M.K.: Wie lange schon?

Nadine: Wir sind ja schon drei Jahre zusammen, und seit heute sind wir verlobt.

M.K.: Herzlichen Glückwunsch, das ist ja ein ganz besonderer Tag heute … Guckt ihr denn zusammen Pornos?

Sandy: Ab und zu …

Es ist vielleicht ein bisschen ungewöhnlich, am Verlobungstag auf eine Porno-Messe zu gehen, aber was solls. Ich möchte ein bisschen mehr über die drei erfahren und dabei die Behinderung nicht ausklammern. Noch überlege ich, wie ich mich dem Thema nähere, ohne zu verletzen, ohne peinlich zu sein oder übervorsichtig. Bei so einem Gespräch gehen mir unzählige Gedanken durch den Kopf, aufmerksam muss ich die Energien auf der Rückbank aufnehmen, um mich zu bremsen oder auch einen Schritt weiter zu gehen.

M.K.: War es schwer für euch, einen Ausbildungsplatz zu finden?
Sandy: Da wir von der Schwerhörigen-Schule kommen, war es nicht so schwer.
M.K.: Habt ihr die Schwerhörigkeit von Geburt an?
Tobias: Genau.
Sandy: Bei mir durch eine Mittelohrentzündung.
M.K.: Wie hoch war deine Hörleistung danach?
Sandy: Meine Eltern haben gemerkt, dass ich nichts mehr gehört habe.
M.K.: Es war komplett weg?
Sandy: Auf einem Ohr bin ich komplett taub und auf dem anderen höre ich nur zwanzig Prozent.
M.K.: Aber ich habe gesehen, ihr habt alle Geräte. Helfen die gut?
Sandy: Ja.
M.K.: Könnt ihr auch Gebärdensprache?
Tobias: Alle, außer ich. Man sollte so was nicht lernen. Wenn man anfängt, dann gewöhnt man sich daran, und dann verliert man auch die Sprache. Dann kann man sich mit dem anderen nicht mehr so gut unterhalten.
Sandy: Es ist auch bei einigen Sachen ganz nützlich, wenn es große Entfernungen sind und es ist laut.

Tobias: Oder wenn man in der U-Bahn sitzt und die Tür zu ist. Dann kann der andere noch auf dem Bahnsteig die Gebärden machen. Das ist ganz lustig.

Sandy: Wir benutzen es meist auf Messen oder im Olympiastadion, wenn wir weiter weg sind.

M.K.: Könnt ihr denn Lippenlesen?

Tobias: Ja.

M.K.: Ist das schwer?

Sandy: Kommt drauf an. Wenn man öfters mit den Leuten zusammen ist, dann nicht.

Tobias: Wir hatten so einen Logopäden. Der hat mit uns Wörter geübt, und dann mussten wir ablesen.

M.K.: Woher kennt ihr drei euch?

Tobias: Wir haben uns im Berufsbildungswerk kennengelernt.

Nadine: Wir kennen uns seit zehn Jahren Schule. Und wir haben uns in der Ausbildung getroffen, und dann haben wir uns verliebt.

M.K.: Was waren da für Leute auf der Erotikmesse?

Tobias: Von Jung bis Alt, Schwule, Lesbische, Paare …

Sandy: Also, mit den Schwulen, Lesbischen – das ist nicht unser Fall. Da gibts aber auch so einige Stände, Latex, Fetisch …

M.K.: Aber seid ihr tolerant?

Sandy: Das ist nicht alles unser Fall, aber es ist schon okay. Obwohl auch viele Sachen künstlich nachgestellt sind, die schaut man sich an …

M.K.: Und war es eine gute Atmosphäre? Sind alle ganz locker, oder viele Verklemmte?

Sandy: Ich sag mal: Jeder, der das erste Mal da ist, der ist schon immer ein bisschen verklemmt. Aber wenn man öfters da ist, wird es weniger, dann kennt man diesen Ablauf. Aber es gibt immer schüchterne Leute, die sich nicht trauen. Die gucken sich das an und trauen sich nicht, näher ranzukommen.

M.K.: Und was macht ihr jetzt mit den Autogrammen? Hängt ihr die auf?

Sandy: Also, ich hänge ein paar Autogramme auf. Ein paar kommen an meinen Spind.

Tobias: Wir haben ja noch mehr: Von der Weltmeisterschaft, von Ballack …

M.K.: Und Nadine, für dich ist das okay, wenn er sich die nackten Frauen in den Spind hängt?

Nadine: Mich stört das nicht. Er kann ruhig machen. Also, ich bin gar nicht eifersüchtig.

Sandy: Das ganz Lustigste auf der Messe war ne ziemlich alte Oma, sag ich mal. Die schon fast auf Krücken ist und auch wie ein Fotograf war. Und das fand ich ganz lustig, wie die durch die Messe gegangen ist.

M.K.: Gehts auf der Bühne richtig zur Sache?

Tobias: Da gehts richtig zur Sache!

M.K.: Und die Leute gucken zu?

Sandy: Ja. Und nach der Show verteilen sie irgendwelche CDs, Kugelschreiber oder Schlüsselanhänger, und dann fangen sie wieder an. Und teilweise ist es heftig. Da kommen die mit Peitschen an und tanzen – und dann ist es vorbei. Wo ich mir nicht trauen würde, ist auf der Bühne, auf dem Stuhl, wo vorgetanzt wird. Das ist nicht gerade meine Sache, wenn ich auf der Bühne bin und vordemonstriert werde …

M.K.: Wart ihr durch eure Probleme mit dem Gehör an Sonderschulen? Oder wart ihr in normalen Schulen?

Sandy: Ich war am Anfang in der normalen Schule und später dann auf einer Schwerhörigen-Schule.

M.K.: Seid ihr sehr unter euch? Ich meine, ihr seid drei Freunde und habt alle das gleiche Problem.

Tobias: Also, man hat sehr viel mehr miteinander zu tun als mit »Normalen«. Weil dann kennt man auch die Probleme vom anderen, worauf man eingehen muss.

M.K.: Wurdet ihr viel gehänselt?

Tobias: Wir kommen mit »Normalen« eigentlich gut klar.

M.K.: Du hast gesagt, bei dir war es eine Mittelohrentzündung. War es bei euch beiden angeboren?

Nadine: Bei mir ist Krankenhaus schuld. Zu wenig Sauerstoff. Und dann schwerhörig. Aber ich bin eigentlich gesund zu Hause. Mein Bruder hat nicht. Krankenhaus ist schuld.

M.K.: Wann war das?

Nadine: Bei der Geburt, zu wenig Sauerstoff.

Sandy: Eine Frühgeburt in dem Sinn.

M.K.: Und wie war das bei dir?

Tobias: Ich bin von Geburt an schwerhörig, und so 1999 bis 2001 hatte ich ungefähr fünf Hörstürze, und dann wurde es wieder besser. Aber ich habe dann noch ein Implantat in den Kopf bekommen, und jetzt ist es schon ziemlich gut.

M.K.: Könnt ihr was auf Gebärdensprache sagen?

Tobias: Was denn?

M.K.: Gibts ein Zeichen für Taxi?

Die drei zeigen ein »X« in die Kamera. Als ich mir dieses Gespräch erneut ansehe, verblüfft mich nicht nur die Offenheit, sondern noch etwas anderes: Alle drei haben glücklich und zufrieden gestrahlt, und ich frage mich, warum das so viele »gesunde« Menschen nicht schaffen.

Rein und raus mit Leonie und Thorsten

Vom Funkturm ins Hotel

Ich schlage dem Wieduwilt vor, noch einmal zum Phallus-Funkturm zu fahren und zu sehen, ob wir vielleicht weitere willige Porno-Fans finden. Am Funkturm angekommen, humpelt dann aber ein echter Profi mit »PR-Berater« auf uns zu. Es ist eine sehr junge zierliche Frau mit langen dunklen Haaren. Sie geht an Krücken, hustet oft und ist sehr heiser. Porno ist eben kein Zuckerschlecken, denke ich. Nach kurzer Absprache gibt der nur wenig ältere PR-Berater das »Go«. Die beiden steigen ein und gewähren einen intimen Blick hinter die Kulissen der Pornoindustrie. Dieses Kapitel ist für Leser unter achtzehn Jahren nicht geeignet.

M.K.: Du siehst so aus, als ob du eben gearbeitet hast?

Leonie: Ja, ich bin Pornodarstellerin und hab jetzt auch noch einen Preis bekommen.

M.K.: Was denn für einen Preis?

Leonie: Beste Nachwuchsdeller …, Nachwuchsdarstellerin Deutschlands.

M.K.: Herzlichen Glückwunsch! Und Thorsten, du bist der Mann für die Technik?

Thorsten: Nee, Pressemann.

Leonie: Mein Pressesprecher, haha …

M.K.: Du hast Krücken. Was ist passiert?

Leonie: Ja, ich hatte gestern Show gehabt, und ich hab mir irgendwie mit dem Knie … Ich weiß nicht, was ich da gemacht hab. Gestern habe ich noch nichts gemerkt, und heute Morgen konnte ich das Knie halt nicht ausstrecken und bin dann ins Krankenhaus, und da ist dann rausgekommen, dass ich Meniskus habe.

M.K.: Oh Gott, hier ist gerade Stau und absolutes Verkehrschaos!

Thorsten: Können bumsen, aber nicht fahren! Echte Verkehrsprobleme hier.

M.K.: Blöde Frage, aber wie wird man Pornodarstellerin?

Leonie: Ja, bei mir war das so, ich hatte … also, ich arbeite … wie soll ich das sagen? Also, ich schlafe halt sehr gerne mit Männern … beziehungsweise auch mit verschiedenen Männern, und ich hatte auch schon mit sehr vielen Männern vorher geschlafen …

M.K.: Das heißt, du hast also dein Hobby zum Beruf gemacht?

Leonie: Ja, so gesehen, ja. Damals hatte ich noch einen Bekannten, dessen Kollege war Pornoproduzent, und dem hatte ich das erzählt, dass ich auch mal Pornos drehen und groß raus möchte. Also, ich möchte schon gerne irgendwie da hin, wo Gina war. Gina Wild.

M.K.: Das heißt – international arbeiten?

Leonie: Ja, also eben überall. Und dass ich überall bekannt werde und … Dann hat sich der erste Dreh ergeben, und hier bin ich.

M.K.: Aber beim Film kannst du dir die Männer ja nicht aussuchen, oder?

Leonie: Doch. Ich sage, auf was für einen Typ ich stehe oder welchen ich haben möchte, und dann werden die Männer dementsprechend ausgesucht. Und entweder kann ich mir die vorher angucken, auf dem Foto, oder ich lerne die am Set kennen, und … wenn sie mir nicht zusagen, dann: nee.

M.K.: Kannst du das auch direkt am Set sagen: Mit dem nicht unbedingt?

Leonie: Ja, weil das bringts nicht, wenn ich dann mit einem Typen drehen muss, bei dem ich denke: »Boah, bitte nicht, ey!« Dann wird der ganze Film scheiße oder die Szene, und das sieht man mir dann an – ich möchte auch Spaß dabei haben.

M.K.: Aber der Job ist schon hart? Ich weiß auch nicht, wie die Arbeit bezahlt ist.

Leonie: Ja. Sie ist schon gut bezahlt.

M.K.: Du schreist sehr viel beim Sex, oder?

Leonie: Ja.

M.K.: Deswegen bist du heiser.

Leonie: Ja, es macht schon Spaß, vor der Kamera zu arbeiten.

M.K.: Törnt dich das dann besonders an, es gerade vor der Kamera zu tun?

Leonie: Ja, gerade das.

M.K.: Dass es beobachtet wird und dass da Menschen um dich herum sind?

Leonie: Ja, genau. Weil ich ganz genau weiß: Die gucken mir gerade zu, wie ich mit jemandem schlafe, und die finden das richtig gut und fahren darauf ab. Das macht mich dann auch wiederum geil.

M.K.: Drehst du diese Streifen nur in Deutschland?

Leonie: Wir drehen eigentlich immer in Deutschland. Hier in Berlin und einmal auch in Prag …

M.K.: In Prag habe ich auch schon gedreht. Aber keinen Porno.

Thorsten: Das sagen alle!

M.K.: Steht dein Label für was ganz Bestimmtes? Bist du streng? Bist du eine Domina?

Leonie: Also, es ist kein Fetisch. Ich bin einfach nur die Leonie. So ein Teenie. Ich bin der Teenie-Star. Das kleine junge Mädchen.

Thorsten: Wir haben ja versucht, sie so wie eine reelle Person darzustellen. Also, wirklich Szenen aus ihrem Leben, die ihr selber passieren können, wenn sie in die Disco geht. Wie sie die Uni abbricht und dann meinetwegen Fotoshootings macht. Storys, die neunzehnjährigen Mädels wirklich passieren können.

M.K.: Bist du wirklich neunzehn?

Leonie: Ja, bin ich.

M.K.: Was sagen deine Eltern dazu, deine Familie?

Leonie: Also, meine Mama, die steht total hinter mir. Die guckt sich von mir auch immer die Berichte im Fernsehen an und auch in der Zeitung, die steht halt richtig zu mir. Der Rest meiner Familie auch.

M.K.: Und sieht sie auch deine Filme?

Leonie: Ich zeig ihr schon meine Filme. Aber ich zeig ihr jetzt nicht die Sexszenen. Da überspring ich. Aber so die Comedy, die Spielszenen, die zeig ich ihr schon.

M.K.: Du machst Comedy? Du bist ja Konkurrenz für mich! Was für Comedy machst du in deinen Filmen?

Leonie: Bei uns nennt sich das Schauspielen zwischendurch Comedy. Klar, es ist ein Porno, aber es geht halt nicht nur ums Ficken. Wir haben auch eine Story, es ist auch das Schauspiel gefragt. Die Szenen, wo ich halt quatsche oder mich mit jemandem streite, wo Emotionen da sind …

Thorsten: Damit man das mal richtig versteht: Die reellen Spielszenen werden bei uns Comedy genannt, weil es so abwegig ist, in einem Sexfilm Spielszenen zu haben.

M.K.: Gibts für dich Sachen, die du nicht machst?

Leonie: Ja, also … So Fisting mach ich nicht. Und diese SM-Geschichte mach ich auch nicht.

M.K.: Weil du da auch privat nicht drauf stehst?

Leonie: Ja, genau … LS, nur wenn ichs bei jemandem mache.

M.K.: LS?

Leonie: NS!

M.K.: Hast du neben den Männern, mit denen du beruflich zu tun hast, einen festen Freund?

Leonie: Leider nicht.

M.K.: Du hättest gerne einen?

Leonie: Ja!

M.K.: Könntest du das dann auch ganz locker trennen? So: Das ist der Sex mit meinem Freund und das ist der Sex mit den Männern?

Leonie: Ja, ich könnte das schon trennen. Für mich ist das vor der Kamera wie bei einem One Night Stand. Also, so seh ich das. Einfach nur Spaß haben. Einfach nur Sex haben. Wenn ich einen Freund hätte, dann wär das auch für mich mit richtigen Emotionen verbunden. Mit richtig Liebe und mit Gefühl.

M.K.: Das heißt aber, du müsstest einen Mann finden, der das toleriert. Das ist wahrscheinlich nicht so einfach, oder?

Leonie: Nee, das ist ziemlich schwer. Die meisten denken, dass, wenn der Dreh vorbei ist, danach noch weitergevögelt wird.

M.K.: Die Darsteller?

Leonie: Ja, das ist leider bei den meisten so. Dass die weitervögeln, aber ich bin halt nicht so der Mensch. Ich möchte dann einfach nur in mein Zimmer. Ich möchte duschen. Ich möchte im Bett liegen, Fernsehen gucken und schlafen und ich möchte meine Ruhe haben, weißt du?

M.K.: Wie lange arbeitest du denn? Wie viele Stunden bist du mit dem Akt beschäftigt?

Leonie: Also, mit den Sexszenen? Für eine brauchen wir ungefähr drei Stunden, und ein ganzer Drehtag dauert insgesamt … Also, morgens fangen wir meistens so um neun Uhr an und sind um zwölf Uhr in der Nacht fertig.

M.K.: Hast du denn auch mal einen »richtigen Beruf« gelernt?

Leonie: Ich habe nichts gelernt. Wobei … die normale Arbeit liegt mir nicht. Verkäuferin zu sein, das könnte ich mir nie vorstellen. Das mit dem Porno hat sich halt ergeben. Ich hab nie von vornherein gesagt: Ich mach das jetzt. Aber als ich dann damit vertraut war und auch mit dem Namen von Gina Wild und dem ganzen Drumherum und mit den Männern, die ich hatte …

M.K.: Was glaubst du, wenn du älter wirst, was du machst?
Leonie: Das weiß ich ehrlich gesagt noch nicht. Weil über die Zukunft denke ich nicht so großartig nach, ich lass das einfach auf mich zukommen. Es bringt nichts, wenn ich jetzt sage: In fünf Jahren bin ich *der* Star, und im Endeffekt ist es doch nicht so, und dann steh ich da. Deswegen lass ich es auf mich zukommen und gucke, was passiert.
M.K.: Träumst du denn von Familie und von Kindern? Ist das für dich ein Thema?
Leonie: Ich möchte auf jeden Fall schon mal gerne irgendwann heiraten, das steht für mich fest. Das möchte, glaube ich, jede Frau. Einmal ganz in Weiß heiraten. Kinder, weiß ich nicht. Also Muttergefühle habe ich im Moment noch nicht. Ich glaube, das wird auch noch lange Zeit so bleiben.
M.K.: Und du könntest dann die Qualität des Sex unterscheiden, zwischen dem beruflichen und dem privaten, wenn du einen Mann finden würdest, der das toleriert, dass du da arbeitest? Kann man das wirklich trennen?
Leonie: Ja, ich kann es trennen. Und wenn man, wie soll ich das erklären? ... Mir fehlen die Worte dafür.
M.K.: Wenn man mit sich im Reinen ist?
Leonie: Ja.
M.K.: Dann kannst du es trennen? Gabs mal jemanden, mit dem das möglich war?
Leonie: Ja, aber das war nur mal ganz kurz, nur ganz kurz.
M.K.: Woran ist das gescheitert?
Leonie: An meinem Beruf halt.
M.K.: Aber du würdest es tolerieren, wenn du jetzt einen Mann findest, der in derselben Branche tätig ist?
Leonie: Nein! Da bin ich zu temperamentvoll.
M.K.: Du wärst eifersüchtig?

Leonie: Ja, klar! Ich würde sofort an die Decke gehen und ihn auseinanderpflücken. Ganz ehrlich. Ich könnte nie mit einem männlichen Pornodarsteller zusammen sein. Das würde nicht gehen, da würde ich total ausflippen.

M.K.: Aber du erwartest es von dem Mann, der dich liebt?

Leonie: Ich weiß, ich weiß. Das ist komisch irgendwie, und da verstehen mich viele nicht, aber es ist halt so. Die Männer, die müssen ja auch, wenn sie drehen ... Wie soll ich das sagen?

Thorsten: Die müssen halt irgendwie noch mehr bei der Sache sein als die Frauen, sag ich mal.

M.K.: Wann war dein erstes Mal?

Leonie: Mit dreizehn.

M.K.: Wie war das? War es eine gute Erfahrung?

Leonie: Scheiße. Hätt ich gewusst, dass der Typ so ein Loser ist und dass das überhaupt alles so scheiße laufen würde, dann hätte ich noch ein bisschen länger gewartet oder mit jemand anderem ... Aber na ja ... so ist das Leben.

M.K.: Warum war der ein Loser?

Leonie: Na ja, das war total ... Er hing da über mir wie ein Karnickel. Hat sich dann noch mit dem Kopp an so nem Regal gestoßen, das war über seinem Bett, so ein CD-Regal ... Die ganzen CDs sind auf mich drauf, und er ist da noch weiter am rumhämmern irgendwie, und ich lag da und hatte Schmerzen. CDs auf meinem Gesicht und alles ...

M.K.: Es war mehr Comedy als Sex sozusagen?

Leonie: Es war der reinste Albtraum. Deswegen ... Hätt ich das gewusst ... Egal.

M.K.: Guckst du dir denn privat auch gerne Pornos an?

Leonie: Nicht mehr, seitdem ich selber Filme drehe. Ich sehe die aus einer ganz anderen Perspektive, weil ich denk immer: »Wo war die Kamera? Wo war das, wo war dies, wo war jenes?« Nee, ich mach mir da einfach zu viele Gedanken. Ich guck mir wenn, dann nur meine eigenen Filme an, um die zu bewerten – das Resultat.

M.K.: Hast du irgendwelche Vorbilder? Du hast vorhin Gina Wild genannt.

Leonie: Ja, weil das, was sie in so ner kurzen Zeit geschafft hat, ist echt einmalig. Und selbst heute noch … Man braucht nur den Namen Gina Wild erwähnen, und die Leute flippen sofort alle aus …

M.K.: Träumst du denn, das versucht Frau Schaffrath ja auch, in eine normale Schauspielerkarriere zu kommen? Wäre das auch für dich ein Weg?

Leonie: Also, wenn ich mal so ein Angebot kriegen würde, für ne kleine Filmrolle oder so … Das würde ich schon gerne machen, da sage ich nicht nein. Aber so ganz da reinzugehen? Glaub ich nicht.

M.K.: Thorsten, du beschäftigst dich den ganzen Tag mit Pornos, guckst du Pornos privat noch gerne?

Thorsten: Ich würde lügen, wenn ich sagen würde, dass Pornos mich nicht interessieren. Ich meine, da gehts mir wahrscheinlich ähnlich wie vielen anderen Männern auch. Aber ich krieg jeden Monat jede Veröffentlichung von uns und muss die dann auch durchgucken. Das ist auch nicht schlimm, aber dann reichts auch irgendwann. Also ich muss mir nicht noch die anderen Sachen angucken, die rauskommen.

M.K.: Wie viele Filme musst du dir im Monat angucken?

Thorsten: Das ist nicht so viel. Das können mal acht sein, mal zehn sein, auch mal fünfzehn.

M.K.: Thema: »Gesundheit«. Es ist ein gefährlicher Beruf. Nicht nur HIV ist ein Thema. Es gibt ja andere Dinge, die du dir in dem Beruf als Darstellerin holen kannst. Wie geht man damit um? Machst du permanent Tests?

Leonie: Ja, die Tests müssen sein. Das ist immer dieser komplette Test mit HIV, Hepatitis C, Syphillis, Chlamydien …

M.K.: Und den gibt jeder Darsteller ab beim Dreh, so dass man dann auch voneinander weiß, dass es okay ist?

Leonie: Ja, das ist ein absolutes Muss. Ohne den wird nichts gemacht, und der Test darf auch nicht älter sein als ne Woche.

Thorsten: Du musst ja überlegen, dass die ganze Karriere nachher auch gefährdet ist, wenn so was passiert. Dann setzt man aus beim Dreh, und alle sprechen darüber.

Leonie: Nicht nur das. Das Leben auch ...

M.K.: Ist das eine sehr intime Branche? Kennt ihr euch alle untereinander?

Leonie: Also, du meinst jetzt mit Freundschaften oder so?

M.K.: Ja, insgesamt. Oder wenn ihr jetzt auf so eine Party geht: Wie ist die Atmosphäre? Ist da sehr große Konkurrenz oder ist es eher familiär?

Leonie: Das ist eigentlich sehr familiär. Man kennt sich halt, gerade die Darsteller untereinander, die kennen sich, was ja logisch ist, sehr gut. Und die Produzenten tauschen sich untereinander auch aus. Nee, da gibt es überhaupt keine Konkurrenz.

M.K.: Warum gehst du gerne mit so viel verschiedenen Männern ins Bett?

Leonie: Weil ich Spaß habe am Sex! Die Abwechslung machts.

M.K.: Wirds langweilig immer mit demselben?

Leonie: Ja. Bis jetzt hab ich noch keinen getroffen, bei dem ich sage: »Wow! Mit dem möcht ich jetzt immer Sex haben und nur mit ihm.« Also, bis jetzt war der noch nicht dabei. Kann ja sein, dass irgendwann mal so einer kommt, das ist nicht auszuschließen, aber im Moment, nee ... Im Moment müssens immer andere sein.

M.K.: Wie ist das so bei Männern? Die müssen doch beim Porno bestimmte Maße auf den Tisch legen?

Leonie: Nein, nein, wir haben auch kleine Schwänze.

M.K.: Ihr seid aber sehr sozial eingestellt. Das ist sehr löblich von euch.
Thorsten: Jeder kriegt ne Chance.
Leonie: Guck mal, wenn du jetzt nen großen Schwanz hast von nem Typen und der Typ, der kriegt keinen hoch bzw. spritzt immer zu früh ab, oder aber du hast einen, der ist normal bestückt und der hält einfach durch – weißt du, der hat das Talent dazu. Warum soll man dann den großen nehmen, der das nicht hat?
M.K.: Und ist jetzt größer besser oder nicht? Das müsstest du ja mit deiner Berufserfahrung heute Abend eindeutig beantworten können.
Leonie: O.k., ich würde lügen, wenn ich jetzt sagen würde, die Größe spielt keine Rolle. Er darf nicht zu klein sein und nicht zu dünn.
M.K.: Das Mittelmaß sozusagen.
Leonie: Er kann auch ab und zu mal bisschen größer und bisschen dicker sein.
M.K.: Und jetzt geht es noch auf die Party?
Leonie: Ja, aber das ist ganz normal, da werden jetzt keine Orgien gefeiert. Das ist eine ganz normale Gala.
M.K.: Aber auf der Show, auf der Messe, da geht es schon richtig zur Sache, ist das eine Liveshow?
Leonie: Ja, genau. Ich strippe und ... ja, masturbiere zwischendurch ein bisschen. Manchmal gibt es auch eine kleine Dildoshow.
M.K.: Und die unten gucken zu und freuen sich?
Leonie: Ja klar.

Am Hotel angekommen, geleite ich unsere Pornoqueen noch in die Lobby. Sie möchte sich im Zimmer ausruhen. Am Ende möchte ich wissen, ob es einen bestimmten Spruch in der Branche gibt, den man sich mit auf den Weg gibt, und den gibt es wirklich: »Gut Holz!« Nach diesem Interview ist mein Bedarf an Pornografie erst mal gedeckt. Ich frage mich, ob Leonie wirklich glücklich ist. Hat sie nur ihr Hobby zum Beruf gemacht, oder ist Sex ihre Droge auf der verzweifelten Suche nach Liebe?

Das Ehepaar Weber bittet zum Tanz
Vom Opernpalais nach Steglitz

Wir fahren nicht zurück zur »Kleinen Dildoshow«, sondern Richtung Unter den Linden. Der Wieduwilt weiß, dass da heute die Senioren das Tanzbein schwingen. Also stelle ich mich vor das Opernpalais und warte, denn die Veranstaltung geht gleich zu Ende. Nach einer Weile steuern zwei rüstige Senioren auf meine Taxe zu. Er ist ein zierlich-drahtiger kleiner Mann im Trenchcoat, sie eine etwas kräftigere Berlinerin mit Brille. Beide sind schon sehr müde, und anfangs redet nur er und sie kichert vor sich hin.

M.K.: Ist das ein Hobby? Das Tanzen?
Er: Ja, das ist ein Hobby. Aber wir sind in einem Tanzsportverein.
M.K.: Ah, das wird ganz professionell betrieben?
Er: Nee, Profis sind wir nicht. Das sind Hobbypaare.
M.K.: Sind Sie gebürtige Berliner?
Er: Ja.
M.K.: In welchem Stadtteil sind Sie aufgewachsen?
Er: Kreuzberg, beide.
M.K.: Und da haben Sie sich auch kennengelernt?
Er: Ja, wir haben uns kennengelernt im Turnverein.
M.K.: Wann war das?
Er: 1951.
M.K.: Wie lange sind Sie schon verheiratet?

Er: Verheiratet sind wir dreiundzwanzig … Quatsch, achtundvierzig Jahre!

M.K.: Wie haben Sie sich kennengelernt, da im Turnverein? Wer hat den ersten Schritt gemacht oder die erste Turnübung?

Er: Das hat sich so ergeben. Ich war Vorturner in der Frauenabteilung, und meine Frau kam als neues Mitglied dazu, und dann hat sich das so ergeben.

M.K.: Und dann haben Sie so toll vorgeturnt, dass sie schwach wurde, oder wie?

Er: Ja, ich habe bei der Jugend vorgeturnt, und meine Frau hat gut bei den Frauen geturnt. Da wurde mein Blick eben darauf gelenkt. Erst nur auf das Turnen, und dann hat man genauer hingeschaut …

M.K.: Was tanzen Sie am liebsten?

Er: Also, ich tanze am liebsten den Slowfox.

Sie: Und ich am liebsten den Tango.

Er: Tja, da sind wir nun nicht ganz einer Meinung.

M.K.: Berlin ist schon immer Ihre Stadt? Oder gab es mal Gedanken, wegzugehen?

Er: Ja, ich hatte überlegt, als Chruschtschow hier 1959 anfing, starken Druck auszuüben, auszuwandern. Ich hatte mich schon beworben und keine Antwort bekommen. Ich wollte dann nach Westdeutschland gehen und habe auch dort keine Antwort bekommen. Na ja, dann ist man eben hiergeblieben. Wir haben uns eine Eigentumswohnung angeschafft und sagten uns: »Ach Gott, und nun auf einmal hier wieder rausmüssen?« Man hatte ja immer die Hoffnung, das würde irgendwann besser, nicht so schlimm, wie Chruschtschow sich das da vorgestellt hat, und es ist ja dann auch anders gekommen.

M.K.: Wie haben Sie die Veränderungen damals durch den Mauerbau erlebt?

Er: Das war furchtbar. Wir sind ja vollkommen überrascht worden davon. Am Müggelsee hatten wir ein Paddelboot, wir waren im Kanuclub, und am 13. August sind wir früh rausgefahren. Nein, wir sind sonnabends rausgefahren, einen Tag vorher, und haben da übernachtet und dann erfahren, dass ne Mauer gebaut wird. Dann haben wir unser Zelt eingepackt, Boot mussten wir dalassen, aber das Zelt haben wir noch mit rübergebracht. Das war also für uns ne ganz große Überraschung.

M.K.: Wie war dann das Empfinden bei der Maueröffnung? Was für ein Moment war das für Sie?

Er: Tja, wir waren gar nicht in Berlin! Wir haben nämlich noch ein anderes Hobby. Wir sind Bergwanderer und Bergsteiger und waren zu der Zeit in Nepal. Haben an einem Trekking teilgenommen. Und am Ende des Trekkings kehrten wir nach Katmandu zurück. Da kommt ein Mensch aus Dortmund: »Die Mauer ist offen!« Wir haben gesagt: »Du hast doch nen Vogel, so was gibts doch nicht!« ... »Glaubt mir, die ist offen!« Wir habens erst geglaubt, als wir wirklich in Berlin waren.

M.K.: Was haben Sie als Erstes gemacht? Sind Sie durchs Brandenburger Tor gelaufen?

Er: Na ja, am nächsten Tag bin ich arbeiten gegangen.

Sie: Als wir zurückkamen, waren schon vierzehn Tage vorbei. Es waren ja nun nicht die ersten Tage.

Er: Wir haben die ganze Euphorie gar nicht so mitbekommen.

M.K.: Gab es Wiederbegegnungen mit alten Freunden?

Er: Ja, meine Frau hat eine alte Freundin drüben.

Sie: Aber Verwandtschaft nicht.

M.K.: Wie haben Sie denn Ihren Stadtteil so im Wandel der Zeit erlebt? Kreuzberg ist ja auch durch viel durchgegangen ...

Er: Na ja, wir leben ja nicht mehr da. Aber irgendwann bin ich mal hingefahren. Hab gesagt, ich möchte mir mal wieder den Ort, an dem

ich groß geworden bin, ansehen. Aber es ist nun mal ganz anders, wenn Straßen voller Autos sind. Ich war ja in der Kriegszeit da, und vor dem Krieg gab es kaum Autos. Wir haben auf dem Fahrdamm Ball gespielt, und jetzt steht alles voller Autos, alles kommt einem viel enger vor. Als wir dort hingezogen sind, war rundherum noch Wald. Jetzt hat man alles zugebaut. Die Engländersiedlung ist gebaut worden, eine Hochhaussiedlung. Zu der Zeit hatte man auf der anderen Straßenseite eine kleine Fichtenschonung, und jetzt guckt man in die Stadt rein mit ihren Häusern und Stockwerken, und irgendwie hat mich das bedrückt, muss ich sagen.
M.K.: War Ihr Haus im Krieg ausgebombt?
Er: Mein Haus war nicht ausgebombt, aber das Haus meiner Frau.
Sie: Wir sind aber noch vorher rausgegangen, also vor der endgültigen Zerstörung. Wir hatten schon einen Angriff erlebt und waren im Keller eingeschlossen. Wir kamen nur mit viel Glück durch einen anderen Ausgang wieder raus. Dann war Mutti mit uns zu Bekannten gegangen, aber wir hatten keinen Mut mehr, dort irgendwo zu bleiben. So ist Mutti mit uns außerhalb von Berlin zu einem ehemaligen Kameraden von meinem Vater gegangen, der inzwischen aber schon in Russland, also vor Russland gefallen war. Wir waren schon '41 Waisen, '43 sind wir ausgebombt worden und dann, wie gesagt, aufs Land gegangen, haben das Kriegsende da erlebt und sind nach '45 gleich nach Berlin zurück in ein Zimmer von einer Bekannten …

Die Stimmung ist jetzt etwas gedrückt in der Taxe. In solchen Momenten wechsle ich das Thema, möchte meine Gäste weder verschrecken noch verletzen. Ich möchte keine Linie überschreiten, anderes Fernsehen machen. Nach einer Weile versuche ich vorsichtig, auf die Vergangenheit der Webers zurückzukommen.

M.K.: Kommen manchmal noch Bilder aus dem Krieg bei Ihnen hoch?
Er: Ja, bei mir … Ich war Luftwaffenhelfer, und mein bester Freund … wir waren beide an einem Geschütz, wir hatten Tiefflieger unter Beschuss, und mein Freund ist dabei umgekommen. Der Kopf war nur noch Brei und … das steht mir immer wieder mal vor den Augen …
Sie: Na ja, und bei uns war das ja so, wir waren fünf Mädchen. Die Kleinste kennt ihren Vater gar nicht, die ist im Dezember '40 geboren. Im August '41 ist der Vater in Russland … ist er sozusagen mit einer Verletzung an einer Blutvergiftung verstorben. Wir waren ja auch alle noch gar nicht so alt. Da haben wir schon sehr zu kämpfen gehabt, vor allem am Anfang.

Ich plaudere mit den beiden zum Ausklang noch ein bisschen über nepalesisches Trekking und setze sie dann zu Hause ab. Es ist das erste Gespräch über die Zeit in Berlin während des Zweiten Weltkriegs, mit vielen ernsten und ruhigen Momenten. Die Generation der Deutschen, die den Krieg mit seinem ganzen Leid noch erlebt hat, stirbt aus, und wir sollten so oft wie möglich fragen und zuhören, um nicht zu vergessen, was Krieg und was Völkermord bedeuten. Diese Menschen haben in unserem Land das erlebt, was Millionen andere Menschen heute noch immer an vielen Orten dieser Welt erleben.

Mit Elvira Westwärts westwärts
Kreuz und queer durch Kreuzberg

Nur einige Minuten später muss ich mich komplett neu programmieren. Als ich vor einer roten Ampel stehe, klopft jemand plötzlich gegen meine Scheibe und jagt mir damit einen gewaltigen Schrecken ein.

Ein Mann gibt mir zu verstehen, dass auf der anderen Straßenseite jemand ein Taxi benötigt. Also wende ich und traue meinen Augen nicht. Am Straßenrand steht eine Transe, Mitte vierzig, im vollen Ornat: Perücke, Abendkleid und Klunker.

Elvira: Bist du Schauspieler oder Taxifahrer?
M.K.: Beides gerade.
Elvira: Ehrlich?
M.K.: Also, eigentlich bin ich Schauspieler, aber …
Elvira: Ich hoffe, du wirst gut bezahlt.
M.K.: Wieso?
Elvira: Das ist ja ein zusätzlicher Stress mit den ganzen Lichtern.
M.K.: Da sagst du was Richtiges. Ich muss mich aufs Fahren konzentrieren, ich muss ein intelligentes Gespräch führen mit meinen Fahrgästen.
Elvira: Ehrlich?
M.K.: Ja, oder ich versuchs zumindest, und das ist gar nicht so einfach. Also, du bist der … oder soll ich »die« sagen? … Erste, der es erkennt.
Elvira: Sag, was du siehst.
M.K.: Ähm … die Erste!
Elvira: Ja, weißt du, Darling, ich bin heute Abend auch aufgetreten. Wir waren im Freizeitheim. Es gab nämlich eine Lesben-Porno-Party, ich bin mit meiner Lieblingslesbenband aufgetreten, da sing ich drei Songs und bin der Special Guest, und es war so eng und klein. Es war furchtbar!
M.K.: Und wie heißt du?
Elvira: Ich heiße Elvira Westwärts!
M.K.: Ich bin Michael.
Elvira: Ich weiß ja nicht, ob das an den Frauen liegt, oder was. Aber man quetschte sich so aneinander rum, und niemanden hat das wirklich gestört. Außer mich.

M.K.: Was macht ihr für Musik?

Elvira: Ich singe zum Beispiel Coverversionen von »Lucifer, son of the morning. I'm gonna chase you out of earth«. Kennst du, oder?

M.K.: Nein, kenn ich nicht.

Elvira: Das war ganz nett. Kannst du nicht ein bisschen Puder gebrauchen?

M.K.: Puder? Glänze ich?

Elvira: Ja, du glänzt.

M.K.: Ja, bitte! Puder mich ab!

Elvira: O.k., dann geh dir doch damit mal durchs Gesicht so ...

M.K.: Das ist ja großartig. Moment! Mach du das doch. Du kannst das besser. Hier kommt die Fachfrau.

Elvira: Exactly!

M.K.: Das ist nämlich ein echtes Problem. Du hast es ja gleich erkannt, dass ich hier doch ab und zu ins Schwitzen komme.

Elvira: Ja, das habe ich gleich gesehen. Man darf ja nicht glänzen. Das geht ja gar nicht!

M.K.: Danke schön. Was machst du im wahren Leben?

Elvira: Ja, vom Singen kann man ja nicht leben. Es gibt genug Transen und Verrückte in Berlin. Da ist die Konkurrenz so dermaßen groß, dass man da *not* von Leben kann. Also, ich bin Diplompsychologe, und ich hab mein eigenes Business und bin Coach und Supervisor und Organisationsberater.

M.K.: Wen oder was coachst du?

Elvira: Oh, das kommt ganz drauf an. Meistens ist es natürlich aus dem sozialen Bereich. Aber dennoch, meine Zielgruppe sind Homosexuelle und Künstler und Veranstalter. Ich bin ja so ne alte Veranstalter-Transe.

M.K.: Sag mal, hast du einen Mann oder eine Frau? Oder wie muss ich mir das vorstellen?

Elvira: Oh, ähm, ich lebe als Single. Aber ich habe immer wieder Männer. Außerdem ... Werde ich jetzt hier noch gefilmt?
M.K.: Natürlich.
Elvira: Ach, deswegen ist hier die Beleuchtung an. Aber das ist ne scheiß Beleuchtung. Die gefällt mir gar nicht. Nordlicht! Hat Marlene schon gesagt. Und sie hat immer gesagt, was sehr wahr ist: Schönheit im Alter ist eine Frage des Geldes. Wie lange machst du das schon, Darling, in dem Neonlicht? Das sieht ja aus wie das Putzlicht irgendeiner Vorstadt-Disco.
M.K.: Da sieht man nicht gut aus in so einem Licht.
Elvira: Absolutely ... Und übrigens kenne ich auch Nina Hagen, falls du das wissen möchtest.
M.K.: Ach, du kennst Nina Hagen persönlich?
Elvira: Ja. Nein. Quatsch! Ich kenn die nicht persönlich. Als wir mal da waren ... Wie hieß das? Luftschloss, aufm Schlossplatz. Da saß die Alte und hat dermaßen viel gekifft! Man glaubt es gar nicht. Und dann hat sie uns gesehen und hat gesagt: »Oh, wie kreativ, wie kreativ! I come directly from L.A.!« – Und sie war das Idol meiner Kindheit! Da war ich wirklich kuriert.
M.K.: Von wo kommst du, Elvira?
Elvira: Noch hässlicher als Berlin, nämlich Leverkusen. Wo man immer diese Aspirin-Tablette neben der Autobahn sieht.
M.K.: Ich glaube, wir sind da.
Elvira: Du darfst doch gar nicht aus deinem Auto raus?
M.K.: Doch, natürlich. Wir fragen mal gerade nach, ob wir da reindürfen.
Elvira: Wie professionell das alles. Ich hab nicht mitbekommen, dass uns jemand folgt.
M.K.: Der ist ja auch vor uns hergefahren.
Elvira: Ach, der hört das alles mit? Die Sau!

Wir entern die Kreuzberger Bar, zu der uns Elvira gelotst hat. Die Kneipe ist relativ voll, aber der Wieduwilt signalisiert durch Handzeichen, dass wir mit der Kamera reindürfen. Elvira versteht nur noch Bahnhof. Ich bestelle uns etwas zu trinken, und wir beginnen erneut zu plaudern.

M.K.: Hast du verschiedene Perücken? Oder trägst du immer nur die?
Elvira: Soll ich dir mal meine Perückensammlung zeigen? Also, es gibt schon mehrere …
M.K.: Okay, und das entscheidest du jeden Abend?
Elvira: Hast du jemals in deinem Leben eine Perücke aufgesetzt?
M.K.: Ja, ja, ich bin ja Schauspieler. Ich hatte schon sehr, sehr viele Perücken auf.
Elvira: Du bist Schauspieler? Dann hättest mir doch irgendwie auffallen müssen?
M.K.: Bin ich wohl nicht. Pech gehabt.
Elvira: Schade.
M.K.: Und du entscheidest jeden Abend spontan, welche du anziehst?
Elvira: Genau. Das ist von meiner Tageslaune abhängig. Diese sieht zwar so 'n bisschen aus wie Tina Trümmer, aber …
M.K.: Wann hattest du das erste Mal in deinem Leben Frauenklamotten an?
Elvira: Da muss ich so ungefähr … Das muss Jahrzehnte her sein. Ungefähr mit Mitte zwanzig muss das gewesen sein, ja.
M.K.: Aber vorher noch nicht?
Elvira: Na ja, früher gabs Karneval, da war man dann irgendwie so mit der Sechzigerjahre-Robe seiner Mutti unterwegs, you know?
M.K.: Yes.
Elvira: Also früh übt sich, was ne Elvira werden will. S'ist nämlich gar nicht so einfach …

Einer der Kneipengäste unterbricht unser Gespräch. Er stört schon eine ganze Weile. Der Mann, der total besoffen ist, bezeichnet die Kneipe als sein Wohnzimmer, in dem er keine Kamera duldet. Er beschimpft uns als Medienschweine. Wir machen die Kamera aus. Die Situation scheint außer Kontrolle zu geraten. Elvira nimmt mit ihren eins neunundneunzig sofort den Kampf auf und versucht, den Mann zu beruhigen, allerdings sehr offensiv, ich merke, dass sie sich nicht zum ersten Mal verteidigt. Für Elvira scheint das nur eine von vielen brenzligen Situationen zu sein. Als Transe kennt sie die Momente von Intoleranz und Respektlosigkeit genau und steht ihren Mann. Irgendwann beruhigt sich der versoffene Kleingeist und sackt in einer Ecke der Bar zusammen. Schade, er hatte nicht bemerkt, dass *wir* nicht zu den Medienschweinen gehören. Wir schalten die Kamera wieder an, und ich setze mein Gespräch mit Elvira fort. Aber lange dauert es nicht mehr, und wir verlassen die Bar. Auf der Straße trifft Elvira gleich alte Bekannte. Fast jeder scheint sie in diesem Kiez zu kennen. Ich fahre sie brav nach Hause.

M.K.: So, Elvira Westwärts lässt sich natürlich von mir die Tür öffnen. »Gentlemanlike« …

Elvira: Das ist ja zauberhaft. Wie charmant du bist!

M.K.: Ich tue, was ich kann. Alte Schule. Elvira, ich bedanke mich bei dir, dass du mit uns mitgefahren bist …

Elvira: Gerne.

M.K.: … und so gesprächsbereit warst. Ich wünsche dir eine gute Nacht!

Elvira: Ja, ich sag ja immer gerne die Wahrheit, nicht wahr?

M.K.: Das ist sehr, sehr richtig.

Elvira: Mein Lieber …

M.K.: Gute Nacht. Schlaf gut.

Elvira: Jetzt ist es wie … wie spät? … Könnt ihr das mal filmen? Fünf nach halb sechs!
M.K.: Halb fünf!
Elvira: Halb sechs! Ist ja wohl der Hammer! Hallo? Ich muss morgen arbeiten! Also, Darlings – wascht euch!
M.K.: Machen wir.
Elvira: Tschau!

Elvira geht winkend ins Haus. Wir beenden die Schicht. Jetzt wird es, wie immer, ganz ruhig in Taxe und Leithirsch. Ich lasse in meinem Kopf meine Gäste und die Gespräche noch mal Revue passieren. Müde raune ich meine improvisierte Abmoderation in die Kamera vor mir auf dem Armaturenbrett. Dann drehe ich das Radio an, höre noch ein bisschen Musik und denke an die Nacht und an mein Bett.

DIE FÜNFTE NACHT

Die senile Bettflucht macht mich fertig. Heute Morgen bin ich gegen sechs Uhr in die Koje und um elf schon wieder aufgewacht. Also döse ich noch mal so von sechzehn bis siebzehn Uhr vor mich hin. Aber irgendwie fehlt mir Schlaf. Im Café nehme ich, wie immer, kurz vor der Abholung meinen obligatorischen Milchkaffee ein, und dann geht es auch schon zur Basis und ins Taxi.

Erkan und Ali über Dealer, Drogen und Drogerien
Von Neukölln zum Wedding

Der Wieduwilt ist der Ansicht, dass wir heute mal nach Neukölln wackeln, und die Idee erweist sich als Volltreffer. Als wir dort auf einer Straße die Bänder wechseln, kommen zwei kleine, waschechte Neuköllner Jungs in Turnschuhen und Windjacken vorbei und schauen uns neugierig zu. Als ich sie frage, ob sie mitfahren möchten, schlagen sie sofort ein. Sie haben kein Ziel, deshalb fahren und reden wir einfach drauflos. Schon bald traue ich meinen Ohren nicht mehr.

M.K.: Ich bin Michael.
Ali: Ich bin Ali.
Erkan: Ich bin Erkan.
M.K.: Ihr seid beide Türken? Çok güzel! Und ihr lebt hier in Neukölln?

Ali: Ja.
M.K.: Auch hier geboren?
Erkan: Ja.
M.K.: Und wie alt seid ihr?
Ali: Ich bin achtzehn.
Erkan: Ich neunzehn.
M.K.: Was macht ihr?
Erkan: Ich mach zurzeit arbeiten in Bruders Laden. Eins der sieben berühmtesten Restaurants der Welt. Ein mexikanisches.
M.K.: Als was?
Erkan: Als Kochhilfe.
M.K.: Und was machst du?
Ali: Ich mach jetzt meinen erweiterten Haupt, dann mach ich Real und dann mach ich Ausbildung direkt. Kfz-Mechatroniker.
M.K.: Muss man Angst haben in Neukölln?
Erkan: Brauchst du keine Angst haben. Es gibt schon Jugendliche, zum Beispiel diese arabische, gibts auch türkische, die schon Scheiße bauen und so, die Leute ausrauben auf der Straße und so ... So ne Sachen.
M.K.: Habt ihr schon Trouble gehabt hier?
Ali: Na ja, ein bisschen schon.
Erkan: Jeder muss überall mal durch ...
M.K.: Was war das für Ärger?
Erkan: Also bei mir war Körperverletzung, Schlägerei und so ...
M.K.: Bist du in eine Schlägerei geraten?
Erkan: In manche bin ich so geraten, einfach so, plötzlich ...
M.K.: Kann passieren.
Erkan: In Kreuzberg. In Neukölln nicht.
M.K.: Hast du denn kein Schiss?
Erkan: Ich hab keine Angst, ich weiß, wie man kämpft. Ich war zum

Beispiel zwei Jahre Taekwondo. Weiß ich, wie ich kämpfen kann. Ich pass auf mich auf.

M.K.: Aber das machst du auch nicht gerne, oder?

Erkan: Nee, mach ich nicht gerne. Aber wenn es zum Notfall kommt, dann muss ich ja.

M.K.: Und wie ist es bei dir?

Ali: Genauso eigentlich. Das heißt jetzt nicht, dass ich von ihn abhauen soll. In dem Moment, wo ich nix getan habe, ist kein Problem. Hab ich die bessere Lage von Ganzem, auch polizeilich, von der Seite. Das ist kein Problem. Es ist Notwehr, was soll ich machen. Wenn einer mich anmacht … Ich geh ja nicht direkt auf ihn drauf oder so.

Erkan: Erst so weggehen, aber wenn er immer noch weiter raufkommt …

Ali: Dann kann man nichts machen.

M.K.: Gibts Leute, die Streit suchen?

Erkan: Gibts schon Leute.

Ali: Aber nicht uns.

Erkan: Gibts schon manchmal Leute, die wir nicht kennen, aber von andere Bezirke.

M.K.: Wie lange kennt ihr euch schon?

Ali: Neun Jahre.

M.K.: Und kennt euch von der Schule?

Ali: Nee, von Familie, schon früher.

M.K.: Und seid ihr streng religiös erzogen worden?

Erkan: Also, ich hatte viel frei in meinem Leben gehabt. Es war nicht so, dass wir jetzt unbedingt das machen mussten, was sie erwarten.

M.K.: Aber ihr glaubt.

Ali: Na klar.

M.K.: Habt ihr Freundinnen?

Erkan: Alle beide.

M.K.: Wo sind die?

Erkan: Die sind zu Hause.

Ali: Die mussten zu Hause sein, jetzt um diese Zeit.

M.K.: Sind sie Türkinnen?

Ali: Ja.

Erkan: Was heißt »muss«? Sie soll lieber zu Hause bleiben. Das weiß sie auch selber. Was soll sie um diese Zeit draußen? Mit mir kann sie ruhig weggehen, das ist ja kein Problem. Sonst würde sie auch nicht weggehen.

M.K.: Wie alt ist sie?

Erkan: Achtzehn. Nächste Jahr will ich vielleicht heiraten, also nicht heiraten ... Also Dings machen ...

M.K.: Verloben?

Erkan: Und danach vielleicht heiraten.

Ali: Bald kommt schon Heiraten.

M.K.: Und kommen dann Kinder?

Erkan: Erst mal bisschen Zeit, also so zwei Jahre, zweieinhalb Jahre.

M.K.: Aber du willst eines Tages Kinder?

Erkan: Ja, klar. Auf jeden Fall. Das Gute daran ist, dass die Jungs von heutzutage, die wissen, wie es auf der Straße abgeht, und dann können sie ihre Kinder auch selber erziehen. Also, damit die wissen, dass sie das nicht machen sollen. Weil die haben selber alles durchgezogen. Also, ich weiß, was er machen würde und was er nicht machen würde.

M.K.: Das heißt, du würdest deinen Sohn ...

Erkan: ... abhalten von alles! Diese Stadt ist nicht so gut für deine Kinder aufziehen. Also, für mich ist kein Problem. Ich kann hier leben. Aber, ich mein, für die Kinder, wenn die groß werden, dann werden sie das Gleiche durchziehen, was ich durchgezogen habe. Lieber leben die sauber in einer anderen Stadt.

M.K.: Seid ihr ab und zu in der Türkei? Welche Ecke?

Erkan: Jedes zweite Jahr. Von dahin nach dahin. Onkel, Tante …

M.K.: Habt ihr einen ganz besonderen Traum?

Erkan: Ich auf jeden Fall! Mein Traum ist, dass meine Familie so gut wie möglich leben soll. Auf jeden Fall, dass es meiner eigenen Familie gut gehen sollte, so dass wir früher oder später mal was selber geschafft haben und dass wir selber was schaffen … Also, soll heißen, dass wir nicht zu Sozialamt gehen. Also, ich will so was nicht. Soll also deine Frau zweitausend, du deine zweitausend, könnt ihr tausend zur Ecke werfen und was sparen und dann verreisen gehen. Also, ich hab kein Lust, von Sozialamt zu leben.

Ali: Darauf habe ich auch keine Lust. Ich will meinen Kfz-Mechatroniker machen und dann meine Familie helfen, und dann mal sehen.

M.K.: Was ist dein Traum, Ali?

Ali: Mein Traum ist, Kfz-Mechatroniker zu werden und eigene Firma aufmachen.

M.K.: Was nervt euch an Deutschland?

Ali: Merkel!

Erkan: Sorry, ja …

Ali: Schröder war viel, viel besser. Jetzt alles wird teurer! Zigaretten! Alles!

Erkan: Die Steuer! Sie will die Zinsen, was Deutschland Schulden hat, von uns rausholen, um zu zahlen. Sie macht alles so, wie soll man sagen, durcheinander. Dass man es nicht mitkriegen soll. Aber obwohl das ganze Steuer, alles wird von uns abgezogen. Das Beste, auf jeden Fall, wenn du was machen möchtest, was Steuern da dran hat, lieber ein paar Jahre warten und das kaufen, dass du keine Steuern mehr drauf zahlen musst. Viel besser, als immer Steuer zu zahlen.

M.K.: Was muss noch passieren?

Ali: Das Schlimme daran ist, auf der Straße die Leute! Die meisten, zum Beispiel Dealer, die müssen weg. Straßenräuber oder Überfälle oder was alles gibt so. Alles soll weg. Nix soll mehr auf der Straße sein.

M.K.: Aber wart ihr denn jetzt immer die braven Jungs?

Ali: Nein. Nein, das waren wir nicht.

M.K.: Seid ihr mal mit dem Gesetz aneinandergeraten?

Ali: Ja, Gesetz.

Erkan: Kennen Sie Plötzensee? Die Jugendstrafanstalt. Ich hab da zweieinhalb Jahre gesessen.

M.K.: Warum? Was hast du angestellt, Erkan?

Erkan: Also, bei mir warens mehrere Fälle gewesen. Bei mir warens viel mehrere Fälle gewesen.

Ali: Es war von klein auf: Körperverletzung, Diebstahl, alles zusammen …

M.K.: Was hast du gemacht? Leute geschlagen? Geklaut?

Erkan: Bei uns waren das schon größere Fälle. Kennen Sie vielleicht die »Schlecker-Bande«? Haben Sie vielleicht gehört?

M.K.: Du warst Teil der Bande?

Erkan: Hab ich mein Leben auch geändert, nachdem ich da reinkam. Da hab ich gesehen: Nix hat einen Sinn. Lieber ein normales Leben. Arbeiten, dein Geld kriegen monatlich. Deine Freundin. Bessere Wege gehen, besser, viel, viel besser.

M.K.: Was hat die »Schlecker-Bande« gedreht?

Ali: Das ist doch schon der Name …

Erkan: Wir haben »Schlecker« überfallen mit Waffen. Aber bei mir wurde schon alles angeklagt.

M.K.: Du hast alles abgesessen?

Erkan: Und ich will jetzt auch frei bleiben. Mein Leben ganz ändern.

M.K.: Was glaubst du, warum du das damals gemacht hast?

Erkan: Wie soll ich sagen? Gibts eine Sprichwort: Geld, Frauen, Auto!

M.K.: Das wolltest du haben?

Erkan: Ich hatte das alles! Wir haben Autos gemietet, ich bin selber gefahren. Ich hab alles durchgezogen, was ich wollte. Alles! Ich hatte meinen Spaß gemacht. Dann hab ich einmal gesagt: Hat keinen Sinn mehr. Lieber besser wie ein Mensch leben. Ist viel besser. Das rate ich auch für alle Welt.

Ali: Jeder macht Fehler. Das ist jung.

M.K.: Wie alt warst du da?

Erkan: Ich bin mit fünfzehn reingekommen. Also, dort bin ich erst fünfzehn geworden.

M.K.: Und was haben deine Eltern gesagt?

Erkan: Die waren traurig. Was sollen die sagen? Sehr traurig.

M.K.: Wussten die davon?

Erkan: Nee, die wussten nix. Die dachten immer, ich war mit Freunden unterwegs. Oder ich war mal im Kino. Aber bei mir war so, also dass wir immer unser Geld gemacht haben. Immer gefeiert haben. Immer unsern Spaß dran hatten.

Erkan kaut permanent nervös auf seiner Unterlippe herum. Ich habe den Jungs erlaubt zu rauchen, auch wenn ich militanter Nichtraucher bin. Sie schauen beide mit ihren großen dunklen Augen aus den Fenstern auf die vorbeiziehenden Lichter der Großstadt. Ich bin überrascht von der Offenheit, mit der sie mir aus ihrem Leben erzählen, und bin zugleich platt, wie brutal die Biographie eines gerade mal Achtzehnjährigen schon aussehen kann. Jungs wie Erkan und Ali müssen immer stark sein und sich jeden Tag beweisen. In ihren Familien und in ihrem Kiez, mit möglichst wenig Worten und ohne viel Gefühl.

M.K.: Und wie war die Zeit in der JVA?

Erkan: Also, das ist nicht gut. Das sage ich jetzt schon mal. Das ist ja nicht JVA, das ist JSA.

M.K.: Du warst in einer Zelle? Alleine? Mit Leuten?

Erkan: Ich war alleine. Einzelzelle. Gabs auch Doppelbelegung, aber ich wollt nicht. Alleine ist viel besser, und ich hab meine Einzelzelle gehabt. Ist schon viel besser. Also, dreiundzwanzig Stunden eingeschlossen und bist in deiner Zelle drinne. Hast du dann eine Freistunde, das ist deine Dienstpflicht …

M.K.: Gibts was, was du davon erzählen kannst oder willst? Was war das schlimmste Erlebnis?

Erkan: Es ist sehr hart. Haben Sie vielleicht gehört vom »Bunker« oder so? Also, wenn man da so sein Zimmer zerstört … Du hast eine Zimmergröße von 6,7 Schritte in die Länge und fünf Schritte in die Breite. Und da drin ist nicht normale Gesetze wie hier. Darf man kein Handy haben, kein Bargeld, zweimal die Woche hast du Sprechstunde. Was gut war. Ich hatte Unterstützung von meine Familie. Die waren immer hinter mir, egal, was passiert ist.

M.K.: Ali, warst *du* denn ein »guter Junge«?

Ali: Ich hatte auch paar so Geschichten. Aber bin noch durch Bewährung davongekommen. Also, ich hatte 57er davor. Das ist sechs Monate vor Bewährung, und die habe ich schon durchgezogen. Und dann hab ich zwei auf drei Jahre gekriegt, Bewährung. Und das ist: Drei Jahre muss ich ruhig sein. Also, darf ich keine Straftaten kriegen. Sonst geh ich zwei Jahre rein. Aber bis jetzt bin ich ein Jahr durch und hab noch zwei Jahre vor mir.

M.K.: Wenn das dazu führt, dass ihr keinen Bock mehr darauf habt. Es ist zwar ein hoher Preis, aber …

Erkan: Auf jeden Fall. Haben wir gesehen: Kein Mensch hat jemandem was zu helfen. Besser, du nimmst dir *einen* guten Freund, und fertig. Kannst du mit ihm Leben durchziehen. Wir haben beide die gleiche Meinung über das Leben, die Stadt.

M.K.: Seid ihr tolerante Menschen?

Erkan: Was ist genau jetzt Toleranz?

M.K.: Bleibt ihr cool, wenn Leute anders sind als ihr?

Erkan: Wie ein Mensch zu mir ist, so bin ich zu ihm. Das ist kein Problem. Ich mag jedes Mensch. Aber er soll zu mir so sein wie ich zu ihm. Also, ich bin nett zu ihm, also soll er so auch zu mir sein. Wozu soll er zu mir schrecklich sein, wenn ich zu ihm nett bin? Was hat das für einen Sinn? Also, es kommt immer auf den Menschen an, wie er mit mir umgeht.

M.K.: Geht ihr in die Moschee?

Erkan: Klar! Ab und zu. Das heißt jetzt nicht, wir gehen jeden Tag. Aber bei Feiern. Morgen gehen wir auf jeden Fall. Früher mit den Eltern. Die gehen ja jeden Tag, unsre Eltern. Manchmal gehen wir mit, wenn wir Lust haben.

M.K.: Habt ihr jetzt gefastet?

Erkan: Ja. Tun wir schon. Aber mache ich nach meiner eigene Wille. Sie wissen ja, das ist ja für die arme Leute, dass man mit denen mithalten kann. Dass man denen beweisen kann ... Das heißt nicht, dass wir reich sind, also ...

M.K.: Werdet ihr hierbleiben, oder gibt es den Plan, in die Türkei zu gehen?

Ali: Nee, nee, hierbleiben.

M.K.: Ist die Türkei für euch eher fremd?

Ali: Eigentlich ist fremd.

Erkan: Wenn wir von hier dort hingehen, sagen sie zu uns »Deutsche«, und wenn wir von dort hierherkommen, sagen die zu uns »Türke«. Unsere eigenen Länder sagen zu uns Dings, also ... Schon komisch.

Erkan schlägt vor, in das Internetcafé seiner Schwester im Wedding zu fahren. Dort schnuppern wir kurz rein. Mehrere türkische und arabische Gäste tippen hektisch auf den Tastaturen. Sie spielen. Die meisten verdecken ihr Gesicht und wollen nicht gefilmt werden. Ich frage mich, mit welchen Spielen die Jungs an den PCs eigentlich beschäftigt sind und auf welchen Seiten sie so emsig surfen? Erkan und Ali wollen los, wir verabschieden uns auf der Straße.

Neben dem Internetcafé winkt mich spontan ein entzückender türkischer Imbissbesitzer in sein Lokal und lädt mich zum Döner und einem köstlich-honigtriefenden Nachtisch ein. Während ich esse, komme ich mit dem sehr kameraaffinen Ibo ins Gespräch, der mich kurz darauf noch einen Laden weiter führt. Wir verschwinden im Hinterzimmer eines Billardsalons, in dem ein paar türkische Männer musizieren und mein Herz mit ihrer Gastfreundschaft und Musik erwärmen. Wir singen zusammen und trinken Tee. Nach einer Weile breche ich auf und fahre weiter – mit der *Berliner Nacht-Taxe*.

DIE SECHSTE NACHT

Langsam komme ich mir vor wie in *Täglich grüßt das Murmeltier*. Die Abläufe um die Dreharbeiten sind dieselben, aber sobald ich in der Taxe sitze und losfahre, ist jeder Anflug von Routine wie weggewischt, weil jede Nacht anders ist und mich neu herausfordert.

Frau Geissler von der dpa
Kurzstrecke in Mitte

An diesem Freitag winkt als Erstes Frau Geissler. Die etwas ältere, kräftige Dame mit Kurzhaarschnitt und Brille steigt mit Tüten bepackt ein und nennt mir mit »Berliner Schnauze« ihr Fahrtziel.

M.K.: Sie sind aber waschechte Berlinerin, oder?
Frau Geissler: Na klar. Bin in Berlin jeboren.
M.K.: Welcher Stadtteil denn?
Frau Geissler: Mitte. Also, jeboren bin ick in Potsdam.
M.K.: Unn uffjewachsen ooch in Potsdam?
Frau Geissler: Nee, in Mitte.
M.K.: Und wo kommen Sie jetzt her, wenn ich fragen darf?
Frau Geissler: Vonne Arbeit.
M.K.: Das ist aber ein später Feierabend.
Frau Geissler: Nee, um achte anjefangen. Also, viertel achte. In der dpa. Deutsche …
M.K.: … Presseagentur! Uiii, was machen Sie da?

Frau Geissler: Na, sauber!

M.K.: Und ist viel Arbeit?

Frau Geissler: Ick meine, es ist viel Zeitung. Se wissen ja, wie det so is bei Presseagenturen, und ansonsten jehts. An für sich arbeite ick im Naturkundemuseum.

M.K.: Und da werden die Dinosaurier abjestaubt?

Frau Geissler: Na, die sind ja zurzeit nicht da!

M.K.: Wo sind die denn?

Frau Geissler: Na, die sind doch einjelagert. Det Museum wird doch umjebaut.

M.K.: Aber normalerweise machen Sie die sauber?

Frau Geissler: Nee, wir nicht! Da dürfen wir nicht dran. Det machen Spezialisten.

Dann steigt Frau Geissler auch schon wieder aus und geht in ihren wohlverdienten Feierabend. Lange bleibt die Rückbank aber nicht leer.

Anne, Lea und Ben: Reich und schön im Westen

Von Mitte nach Mitte

In Mitte steigen die etwas aufgedrehten Teenies Anne, Lea und Ben zu. Sie sind alle um die siebzehn und modisch gekleidet. Sofort fällt mir Anne auf. Ihr beiges Jäckchen und das geschulterte Handtäschchen lassen sie älter aussehen, als sie ist. Die drei geben uns einen interessanten Einblick in das heutige Leben von Teenagern. Sie wollen auf eine Party, sind aber zu früh dran. Ben ist das erste Mal in Berlin. Ich schlage vor, eine kleine Stadtrundfahrt zu machen, um die Zeit zu überbrücken. Die sehr kommunikative Anne übernimmt sofort die Fremdenführung.

M.K.: Wie lange dürft ihr unterwegs sein heute Nacht?

Anne: Das ist egal.

M.K.: Gibts keine Ansage, wann ihr zu Hause sein müsst?

Anne: Nö!

M.K.: Wo kommt ihr gerade her?

Anne: Wir waren bei Lea zu Hause, haben ein bisschen was getrunken und uns *Garfield* angeguckt. Hier ist der Lustgarten ... Und hier ist das ehemalige Berliner Schloss. Aber da ist nur noch ein bisschen übrig geblieben, denn es wurde gesprengt, und auf dem Balkon vom Berliner Schloss hat Phillip Scheidemann die Republik ausgerufen oder so was. Oder die Revolution, irgendwie so was ... Hier ist der Palast der Republik, aber der wird gerade abgerissen, weil er auch so hässlich ist. Hier ist der Lustgarten, und dahinter ...vergessen, wie es heißt ...

M.K.: Museumsinsel.

Anne: Ja. Hier kommen wir jetzt in eine ganz bekannte Straße. Hier war auch immer unser tolles »Helden der Nacht«.

M.K.: Was ist das?

Lea: Das ist ne Party-Organisation.

Anne: Das ist aber nur für die Reichen und Schönen geeignet, die Stil haben heutzutage.

M.K.: Wie ihr?

Anne: Ja, wie wir. Und dann haben wir hier links die Oper, da singt eine Freundin von mir und Lea, die ist im Chor. Wir sind hier Unter den Linden, bald kommt das Adlon und dann das Tucher, das wir alle so lieben und das es leider nicht mehr gibt. Und hier ... Mein Vater kommt einmal im Jahr nach Berlin. Er wohnt nämlich in Thüringen, weil er mich verlassen hat, als ich zwei war, mit meiner Mutter. Und der kommt dann nach Berlin, um diesen Zweiundvierzig-Kilometer-Marathon mitzulaufen, und während er läuft, gehen ich, meine Halbschwester und meine Stiefmutter immer ins Maritim Hotel frühstücken. Da haben wir dann am selben Tag einen Tisch, die kennen uns dann immer schon, und da gehen wir frühstücken …

M.K.: Lecker.

Anne: Ja, ganz nett …

M.K.: Was habt ihr denn mal vor, wenn ihr mit der Schule fertig seid?

Anne: Ich werde Eventmanager.

M.K.: Das kam aber prompt aus deinem Mund!

Lea: Und ich Hotelmanagement!

Anne: Das Adlon! Da wurde der schöne Film *Emil und die Detektive* gedreht. Mit Jürgen Vogel, den wir alle so gerne haben – seine Tochter geht auf meine ehemalige Schule! Und in dem Film hat auch ein junger Mann mitgespielt, der ist ganz gemein zu mir gewesen, denn er hat böse über mich gelästert. Aber jetzt sind wir so ganz normale Freunde. Er spielt »Gypsi«, diesen Rumänier. Aber der ist wirklich gut. Und Jürgen Vogel finde ich auch ziemlich cool. Den würde ich gerne als Vater haben. Der sieht aus wie ein Vampir, aber er ist ein cooler Vampir … Ich hatte neulich im rbb ein Interview. Also, oh Gott, das darf ich eigentlich nicht sagen. Über Tokio Hotel. Ich bin Tokio-Hotel-Fan. Also, ich bin siebzehn und alle, alle meine Freunde hassen die. Aber ich steh dazu.

Nach diesem Geständnis erzählt mir Anne von einem schweren Schicksalsschlag: Um sich für die Oberstufe ihrer West-Wunschschule zu qualifizieren, brauchte sie hundertzwölf Punkte. Leider erreichte sie nur hundertelf Punkte und konnte damit nicht rübermachen.

Anne: Dieser Teil vom Osten ist ja noch schön. Aber so ab Alexanderplatz, weiter in Richtung Prenzlauer Berg ist schrecklich! Das ist nicht meine Gegend, das sind nicht meine Leute. Ich komme damit nicht klar, und jetzt bin ich auf einem Oberstufenzentrum, und die Leute in meiner Klasse sind auch nicht so unbedingt die tollsten. Heute bin ich hingeflogen in der Klasse, vor allen. Ich will da gar nicht so mit Vorurteilen rangehen. Aber man merkt einfach den Unterschied zwischen den Leuten, die wirklich im Osten leben, und denen, die im Westen leben.

M.K.: Aber was ist der Unterschied?

Anne: Na ja, es ist so: Die haben ganz andere Ansichten, und sie finden ganz andere Sachen toll. Wenn ich dann mit nem Vorschlag komme, dann reden die alle auf mich ein, was für ein schrecklicher Vorschlag das sei. Aber dann sind da noch zwei Mädchen aus dem Westen, gerade zufällig bin ich mit denen befreundet. Es ist einfach so gekommen. Das wusste ich nicht vorher. Und genau die sind auch immer meiner Meinung. Der Rest ist immer gegen mich. Dabei ist das Oberstufenzentrum eigentlich echt gut. Das ist ausgezeichnet! Das hat SAP! Man wird von der IHK geprüft und alles Mögliche, und das ist echt gut ausgestattet. Alle halbe Jahre mit den neuesten »Apple«-Computern. Ist halt richtig gut, auch von den Lehrern. Aber die Leute halt, na ja …

M.K.: Schade!

Anne: Ja, schade. Aber, na ja …

Ein »Freund«, den die drei um zehn Ecken kennen, wird achtzehn und lädt in eine Bar in Mitte ein. In so einem Fall erweist sich die Mundpropaganda als äußerst effektiv. Vor der Bar steht eine lange Schlange durstiger Kids, die noch nicht mal die zehn Ecken kennen, um die Anne das Geburtstagskind kennt. Ich frage mich, wer hier die Zeche zahlt, und wähne finanzkräftige Eltern im Hintergrund. Ich biete den dreien an, sie an den Massen vorbei ins Zentrum der Party zu bringen. Natürlich nur mit Kamera. Anne ist sofort aus dem Häuschen: »Vielleicht werden wir dann entdeckt! Vielleicht werden wir

Schauspieler! Jetzt laufen wir mit einem richtigen Prominenten an allen vorbei! Der rote Teppich wird ausgerollt. Wir lassen die Korken knallen!« Ich schaffe es mit Wudiewilts Hilfe, die drei in die Bar zu schleusen. Leider können wir nicht lange bleiben. Die meisten Kids haben zu viel getrunken und grölen auf mich ein. Die Musik lässt unserem Tonmann fast das Trommelfell platzen, die Betriebstemperatur des Partykellers liegt bei mindestens vierzig Grad Celsius. Ich gebe den dreien unsere Telefonnummer und biete ihnen an, sie später von der Party abzuholen. Von diesem Angebot machen sie schon nach einer Stunde Gebrauch. Warum, erklärt uns natürlich Anne.

M.K.: Habt ihr die Schnauze schon voll von der Party?
Anne: Mann, da sind nur Atzen!
M.K.: Was sind da nur?
Anne: Krasse Atzen und Prolls! Und da kommt die ganze Zeit nur Hip-Hop-Mucke und so, nee! Muss nicht sein.
Lea: Ja, und je mehr die Leute trinken, desto aggressiver werden sie da drin.
M.K.: Das heißt viel Alkohol im Spiel?
Lea: Ja.
Anne: Die kriegen da aber auch alles. Man kanns kaufen. Obwohl es ja nicht erlaubt ist. Aber beim letzten Mal, als die Polizei kam, haben alle rumgeschrien ...
Lea: ... und alle sind durch den Hintereingang raus, damit der Veranstalter bloß keinen Stress kriegt.
Anne: Ja, so sind sie. Unmöglich!
M.K.: Ist das normal, mit siebzehn so zu saufen?
Lea: Nee, die Leute sind eben alle unter siebzehn. Die meisten.
Anne: Kommt drauf an, welcher Gesellschaftsschicht sie angehören.
Lea: Wobei man da eigentlich jedes Alter hatte.

M.K.: Wann müssen die nach Hause?

Anne: Nein, die sagen dann: »Ich bin bei ner Freundin, schlafe bei der und mach nen Videoabend.« So ist es bei uns nicht! Das war mal so, mit dreizehn oder so. Da haben wir schon die ersten Clubs erforscht. Ja, klar! Aber es gibt ja noch immer die anderen Leute. Die sehen ein bisschen anders aus. Die geben sich ein bisschen anders, trinken so viel, weil sie sich dadurch cool fühlen.

M.K.: Was sind das für Leute?

Anne: So, ja ... Ich weiß nicht, ob ich das jetzt so sagen kann. Die Leute in Reinickendorf ...

M.K.: Also, Leute aus bestimmten Stadtvierteln?

Anne: Ein bisschen, ja. Ja, leider schon.

M.K.: Und die sind dann prollig oder edel, oder was?

Anne: Wenn man die Leute aus Grunewald mit den Leuten in Prenzlauer Berg vergleicht, ist das schon ein bisschen was anderes.

M.K.: Nämlich? Die Leute aus dem Grunewald sind wie?

Anne: Na ja ...

Lea: Teilweise peinlich und überheblich, dekadent, aber ...

Anne: ... oberflächlich! Aus einer anderen Gesellschaftsschicht; sie fühlen sich auch so ... Aber wir sind zum Beispiel nette Leute. Ja, es gibt dann auch noch die normalen wie uns. Wir wohnen ja jetzt nicht in Grunewald. Aber wenn ich da meine ganzen Freunde habe und immer hinfahre, dann merkt man das schon. Wir gehen auch nicht zu Pimkie oder Orsay, würde ich mal sagen. Das machen eher die Reinickendorfer. Wir nutzen den Teil vom Ku'damm, der in den Grunewald führt, und die Leute aus Reinickendorf nutzen den anderen Teil. Außer dem KaDeWe! Das würde ich auch noch nutzen. Aber so Pimkie und Orsay und so ... da trifft man die Massen an.

M.K.: Warum, glaubt ihr denn, saufen junge Menschen aus bestimmten Schichten?

Lea: Weil ihnen die Eltern teilweise zu viel verbieten, und sie es dadurch dann nicht kennenlernen und dann ganz extrem anfangen.

Anne: Viele, auch die Jüngeren, der größte Teil der Jüngeren, wollen cool sein. »Dann trink ich jetzt mal richtig viel, und dann gehts mir schlecht und ich steh im Mittelpunkt und alle kümmern sich um mich, weil es mir so schlecht geht.«

M.K.: Ist es denn so, dass euch eure Eltern viel erlauben?

Lea: Also, nicht viel, aber auch nicht zu wenig.

M.K.: Wenn ihr jetzt so unterwegs seid, wovon bezahlt ihr das? Jobbt ihr nebenher? Oder habt ihr so viel Taschengeld zur Verfügung?

Anne: Ja, Wirtschaftsgeld bekomme ich.

M.K.: Wirtschaftsgeld?

Anne: Na ja, damit muss ich wirtschaften. Den ganzen Monat. Ich muss mir meine Monatskarte davon kaufen. Wenn ich zwischendurch was essen will, wenn ich nicht zu Hause bin. Es sind nur hundertfünfzig Euro. Das hört sich erst mal so viel an …

M.K.: Hundertfünfzig Euro?

Anne: Ja, aber es ist für mich sozusagen zu wenig. Wenn ich sage: Ich will jetzt im nächsten Monat ein Paar Gucci-Schuhe kaufen, die kosten hundertfünfundachtzig Euro, dann klappt das schon mal nicht mit den hundertfünfzig Euro. Aber da gibts ja noch die lieben netten Verwandten, die einem dann immer mal so Scheinchen zuschieben. Und ich muss sagen, wenn ich mal wirklich Geld brauche, dann kümmer ich mich auch wirklich drum, und dann bin ich in ein paar Agenturen, wo ich mal ein Interview gebe für Auswertungen, Marktforschungen. Und schon habe ich wieder ein bisschen Geld. Also, das kann ich gut und das mache ich gerne.

M.K.: Aber die hundertfünfzig Euro kriegst du von deinen Eltern?

Anne: Ja, genau.

M.K.: Das ist ja nicht wenig, oder? Als ich siebzehn war, habe ich nicht so viel bekommen.
Anne: Es ist wenig, und ich kann dazu auch noch schlecht mit Geld umgehen, muss ich sagen.
M.K.: Es ist also relativ schnell weg?
Anne: Ja, heute habe ichs bekommen, und jetzt hab ich nur noch weniger als fünfzig … Ich spare aber auch nebenbei. Das mache ich sonst nie, aber für meinen Freund mache ich das. Ich will ihm was Tolles schenken. Ich sag jetzt nicht, was. Und ich hoffe, dass ich das zusammenkriege, weil ich ihn halt ganz doll mag. Deswegen kann ich sparen, aber ansonsten könnte ichs nicht.
M.K.: Kriegt ihr auch so viel Geld?
Lea: Nicht weniger. Aber es ist so, dass mein Vater mir zusätzlich teilweise Geld gibt, wenn ich abends nach Hause komme. Wenns dann dunkel ist, dass ich nicht laufen muss.
M.K.: Wann müsst ihr denn nachts zu Hause sein?
Anne: Meiner Mutter ist es eigentlich egal. Na ja, nicht egal, sie sagt: »O.k.. Komm, wann du willst. Mach deine Erfahrung.« Aber ich weiß, dass es ihr am liebsten wäre, wenn ich schon um eins oder so zu Hause wäre. Dann macht sie sich auch keine Sorgen.
M.K.: Meinst du, sie macht sich jetzt Sorgen?
Anne: Ja, weil sie ja nicht weiß, was mit mir ist, und ich hab gerade kein Handy. Hab ich irgendwo vergessen, bei einer Freundin. Jetzt kann sie mich nicht erreichen und weiß nicht, was mit mir ist. Sie ist irgendwo in Mecklenburg-Vorpommern in unserem tollen Ferienhaus, na ja …
M.K.: Was machen denn eure Eltern beruflich, wenn ich fragen darf?
Anne: Meine Mutter hat ein Bestattungsinstitut, mein Stiefvater arbeitet mit Computern und auch in dem Bestattungsinstitut, und mein richtiger Vater ist Zahntechniker. Aber der wohnt in Thüringen.

M.K.: Sind Marken wichtig für euch?

Lea: War früher mal so.

Anne: Das muss nicht sein. Ich gehe auch ganz normal zu H&M, und ab und zu bringt mir meine Mutter auch was mit, von Karstadt oder so. Da sag ich dann auch nicht nein.

M.K.: Habt ihr denn Träume?

Anne: Ich will berühmt werden.

M.K.: Warum?

Anne: Ich weiß nicht. Ich hab den Traum von meiner Zukunft, dass sie schön wird. So, wie ichs mir vorstelle, wie ichs mir wünsche. So ne richtig tolle Penthouse-Wohnung! Dann will ich auf jeden Fall auf Sylt und Sardinien, will ich auf jeden Fall ein Ferienhäuschen haben. Dann will ich immer mit Lars zusammen sein. Na ja, das weiß man natürlich immer nicht. Und, na ja, dass das mit meinem Beruf klappt, dass ich das so hinkriege alles, mit dem Eventmanager.

M.K.: Jetzt sind wir da.

Anne: Da draußen steht ein Model.

M.K.: Ob die berühmt ist?

Anne: Nee, die ist nicht berühmt.

Die drei steigen aus und gehen auf die nächste Party, und ich bin jetzt auf dem neuesten Stand, was Ausgehzeiten und finanzielle Grundversorgung unserer Teenies betrifft. Vielleicht merkt Anne eines Tages, dass der Weg in die Shopping-Passage eine Sackgasse ist. Wir kaufen längst nicht mehr Dinge, weil wir sie wirklich brauchen, wir kaufen, weil wir besitzen wollen. Dieses Bedürfnis schafft die Werbung, und sie ist dabei ungemein kreativ. Man kann sich nicht oft genug daran erinnern, dass alles, was wir kaufen, eines Tages auf dem Müll landet.

Britta, Daniela und Peter suchen Fische und Fahrräder
Von Mitte über Spandau zum Potsdamer Platz

Ich verlasse jetzt den »besseren Westen« und fahre in den »schrecklichen Osten«. Vor *Klärchens Ballhaus* picke ich Britta, Daniela und Peter auf. Die drei sind alle Ende dreißig, bestens gelaunt und haben die ganze Nacht getanzt ...

M.K.: Ihr kommt jetzt grade von der *Fisch-sucht-Fahrrad-Party*? Wie wars?
Britta: Cool, es ist immer schön.
M.K.: Ihr seid da öfter?
Britta: Ja.
Peter: Ich bin da zum ersten Mal.
Daniela: Ich auch!
M.K.: Ihr kennt euch schon länger?
Peter: Jein. Also, Daniela und Britta, die kennen sich schon länger, ne? Und ich habe die Britta erst vor zwei, drei Tagen per E-Mail kennengelernt.
M.K.: Und ihr habt euch heute verabredet? Zum ersten Mal?
Peter: Ja.
M.K.: Und? Volltreffer?
Peter: Ja.
Britta: Ich bin angenehm überrascht worden, muss ich mal so sagen.
Peter: Ich auch.
M.K.: Habt ihr getanzt?
Britta: Ja.
M.K.: Was spielen die da für ne Mucke?
Britta: »I was made for loving you, baby ...!« Normalerweise sing ich Karaoke. Gabs jetzt aber nicht.

M.K.: Was macht ihr beruflich?

Britta: Schreiben. Aber keine Bücher. Ich bin ne Tippse.

Peter: Ich mache Bildungspolitik.

Daniela: Ich befinde mich in einer Ausbildung … als Tippse.

M.K.: Und daher kennt ihr euch?

Britta: Nein, wir kennen uns von der Kita. Wir beide haben ein Kind.

Peter: Und ich hab zwei.

M.K.: Und sind jeweils die Väter beziehungsweise die Mütter dazu vorhanden?

Britta und Peter: Nein.

Daniela: Ja.

M.K.: Und deswegen geht ihr auch auf die *Fisch-sucht-Fahrrad-Party*.

Daniela: Ich bin nur seelischer Beistand.

Britta: Damit ich nicht alleine hinmuss.

Peter: Ich hätte ja ein totaler Rohrkrepierer sein können.

M.K.: Wie war die erste Begegnung?

Peter: Wir haben gesagt 23.30 Uhr im Vorraum von der Love-Lounge.

M.K.: Und da wusstet ihr, wer wer ist?

Peter: Ich hab sie sofort erkannt.

Britta: Ich war echt unsicher.

M.K.: Weil ihr vorher Bilder getauscht habt?

Peter: Ja.

M.K.: Und ihr saht auch so aus wie auf dem Foto?

Britta: Nein, er war ein Pinguin. Mit Schlips und so was.

M.K.: Ach, du hast ein Bewerbungsfoto von dir geschickt, wie du bildungspolitisch aussiehst?

Peter: Ja, genau. Vortragsfoto.

M.K.: Und haben sich jetzt die Erwartungen vom Internet, von den E-Mails erfüllt oder war es besser?

Peter: Die haben sich bewahrheitet. Die haben sich sogar übertroffen.

Britta: Ja, ich würde auch sagen, damit habe ich nicht gerechnet. So, mit dieser positiven Erscheinung. Oder wie soll ich sagen?

Peter: Danke!

M.K.: Wie alt sind eure Kinder?

Britta: Fast fünf.

Daniela: Meiner ist vier.

Peter: Meine Tochter ist acht und mein Sohn ist sechs.

M.K.: Und sind die Kinder bei euch?

Britta und Peter: Ja.

M.K.: Und sehen ab und zu Mama und Papa?

Britta: Bei mir leider gar nicht. Weil mein Ex im Rheinland lebt.

Peter: Und bei mir ist der Vorteil, dass ich mich mit meiner Ex ziemlich gut verstehe und wir die Erziehung gemeinsam machen.

M.K.: Ihr wart auf der Party und jetzt gehts nach Hause?

Britta: Ja, wir müssen ja morgen früh raus. Wenn man so kleine Kinder hat …

Wir erreichen bald unser Fahrtziel, und ich bin nicht ganz sicher, wie es jetzt weitergeht. Aber da bin ich nicht der Einzige. Mir ist es wichtig, jetzt weder den Fisch trockenzulegen, noch aus dem Fahrrad die Luft rauszulassen. Schließlich sind da gerade zwei Menschen auf ihrem ersten Date unterwegs. Ich möchte ihnen die nächsten Momente vor einer Kamera ersparen und gebe den Wink mit dem Zaunpfahl. Die drei steigen aus und verabschieden sich im dunklen Vorgarten eines Hauses mit viel Gelächter und Spaß. Nach fünf Minuten steigt Peter wieder ein.

M.K.: Ihr habt euch verabschiedet?

Peter: Wir sind so verblieben, dass wir uns demnächst mal wieder treffen.

M.K.: Das ist doch ein Wort. So, jetzt sind die Männer unter sich! Ist der Abend so verlaufen, wie du ihn dir vorgestellt hast?

Peter: Besser. Wirklich besser!

M.K.: Findest du es schwer, wieder jemanden zu finden?

Peter: Nein, eigentlich nicht. Das klappt in einer Stadt wie Berlin eigentlich hervorragend.

M.K.: Hast du schon mehrere Frauen getroffen, oder war sie die Erste?

Peter: Na ja, man hat schon einige getroffen, und es waren bisher immer sehr positive anregende Treffen. Was ich mitbekommen habe, hat ein Großteil der Herren, die sich auf diese Inserate melden, finde ich, eine leichte Störung.

M.K.: Was denn für eine Störung?

Peter: Zumindestens hab ich schon gehört von jeweiligen Damen, dass da die Qualität doch nachgelassen hat. Bei Männern ist das genau andersrum. Ich hab bisher immer gute Erfahrungen gemacht.

M.K.: Die Frauen treffen also immer Männer, die nur »das Eine« wollen?

Peter: Nee, die irgendeine Beziehungskiste mit sich rumschleppen, die ne kleine Störung haben. Die in freier Wildbahn einfach nicht zu Potte und ohne Internet gar nicht vorwärtskommen. So ungefähr.

M.K.: Ist auf der *Fisch-sucht-Fahrrad-Party* unser Alter vertreten?

Peter: Ja, so in den Dreißigern, auch noch einige bis in die Zwanziger. Aber die meisten sind zwischen dreißig und vierzig.

M.K.: Und bist du dann ein sehr geduldiger Mensch und tastest dich langsam an jemanden heran?

Peter: Eigentlich gehe ich mit keiner Erwartung ran. Erst mal schauen, wie es läuft und wie man aufeinander reagiert, und fertig. Man kann einiges vorher in E-Mails abklären, aber entscheidend ist immer der persönliche Eindruck.

Peters Miene gefriert. Er sitzt mit verschränkten Armen ein wenig verkrampft auf der Rückbank. Die Trennung von seiner Frau und das Leben als Single nagen sichtbar an ihm. Die Atmosphäre in der Taxe wird sehr ernst und ruhig.

M.K.: Wie lange warst du mit deiner Frau zusammen?
Peter: Sieben Jahre.
M.K.: Das verflixte siebte Jahr. Und wie lange seid ihr schon getrennt, wie lange bist du jetzt Single?
Peter: Zweieinhalb Jahre.
M.K.: Und in der Zeit hat sich auch noch nichts Richtiges ergeben?
Peter: Doch.
M.K.: Aber es ging dann doch nicht?
Peter: Leider nicht.
M.K.: Glaubst du, dass wir immer mehr zu einer Single-Gesellschaft werden?
Peter: Es gibt die berühmte zweite Welle. Die zweite Welle sind alles Leute um die fünfunddreißig aufwärts. Die jetzt schon Kinder haben, bei denen die ersten Ehen in die Brüche gingen. Also, das hat wirklich zugenommen, absolut.
M.K.: Warum, glaubst du, gehen so viele Ehen in die Brüche?
Peter: Es sind mehrere Faktoren. Einer ist auf jeden Fall, dass man in vergangenen Jahrzehnten mehr runtergeschluckt und viel mehr ertragen hat, auch wenn es nicht mehr funktionierte. Es war einfach verpönt, dass man Trennungen, Scheidungen etc. hatte. Und der zweite Faktor ist, dass die Menschen selbstbewusster geworden sind. Es ist

auch nicht mehr der große Gesellschaftsentwurf, dass man anscheinend bis in alle Ewigkeit den gleichen Partner hat. Ich weiß es nicht ... Wenn mich einer gefragt hätte, vor drei Jahren ungefähr, hätte ich das von mir gewiesen. Es ist mir eigentlich schleierhaft. Aber es gibt Sachen, die ergeben sich so. Das kann man nicht anders regeln, da muss man drauf reagieren.

M.K.: Wie erlebst du dein Single-Dasein? War das nach der Trennung erst mal so eine Art Befreiung?

Peter: Nein. Nein, nein, das erste halbe Jahr war fürchterlich. Es hat mir überhaupt nicht gefallen. Kann man auch als Niederlage bezeichnen. Nichts anderes. Insofern hatte ich das erste halbe oder dreiviertel Jahr danach keine Lust, irgendwas Neues kennenzulernen. Aber irgendwann verarbeitet man das, und das Leben geht weiter.

M.K.: Bist du ein Familien- und Beziehungsmensch?

Peter: Ich bin überhaupt nicht als Single geboren. Überhaupt nicht.

M.K.: Und wie gehen deine Kinder damit um?

Peter: Wir erziehen sie ja gemeinsam. Sie haben beide, Vater und Mutter, immer noch. Organisatorisch klappt das hervorragend.

M.K.: Wie geht das jetzt weiter? Werdet ihr euch wieder per E-Mail kontaktieren?

Peter: Ja.

M.K.: Das Internet ist ein interessantes Medium, aber man weiß ja eigentlich nicht, mit wem man wirklich redet.

Peter: Man merkt relativ schnell, ob man auf dem gleichen Level kommuniziert und die gleichen Themen anspricht oder ob man auf dem falschen Dampfer ist. Es ist auf jeden Fall besser, als wenn man jemanden auf freier Wildbahn anspricht, nur wegen des Äußeren, weil er einem sympathisch ist. Aber alle anderen Koordinaten weiß man ja nicht.

M.K.: Wenn du so eine E-Mail liest, beginnt dann alles mit einer Art Fragenkatalog?

Peter: Ich bin dazu übergegangen, bei meiner ersten E-Mail so ziemlich alle wichtigen Koordinaten und Sachen über mich zu nennen, gleich am Anfang. Dadurch trennt sich schnell die Spreu vom Weizen.

M.K.: Hat es auch damit zu tun, dass man seine eigenen Verhältnisse offenbaren muss? Dass man sagt, man hat Kinder?

Peter: Richtig. Einige Leute stört das, einige Leute finden das gut.

M.K.: Du warst das erste Mal auf einer *Fisch-sucht-Fahrrad-Party*?

Peter: Ja, ich war da noch nie.

M.K.: Warst du aufgeregt?

Peter: Nein. Man kann im Prinzip ja nur gewinnen. Und man sollte auch nicht der Meinung sein, sich zu verstellen oder sich irgendwie zu präsentieren. Das ist Blödsinn. Im Endeffekt kommt sowieso alles raus. Das Klügste ist immer, wenn man sich einfach so präsentiert und sagt, was man meint. Das funktioniert am besten.

M.K.: Hast du manchmal Angst, niemanden mehr zu finden?

Peter: Nö, null!

M.K.: Findest du es nicht schwierig, je älter man wird, dass man sich auf jemand Neuen nicht einstellen kann?

Peter: Man bekommt Marotten. Das stimmt. Man nimmt sich auch so seinen Rahmen und zimmert sich die einzelnen Koordinaten fest. Man muss so sein und hat seine Wunschbilder. Aber das ist bei mir jetzt nicht der Fall, weil ich diese Einengungen und diese Verschrobenheit nicht habe. Kennst du das Buch von Jane Jusker, *Bevor ich 67 werde*? Das solltest du mal lesen. Da ist eine Frau, die mit sechsundsechzig eine Anzeige aufgibt, in der *New York Times*, und sie schreibt: »*Bevor ich 67 werde, möchte ich mit einem Mann Sex haben, den ich gut finde, und wenn Sie mich vorher noch unterhalten wollen: Mein Lieblingsautor ist Anthony Trollope.*« Mehr steht in der Anzeige nicht drin. Es ist ein herrliches Buch, was beschreibt, welche Erfahrungen diese Frau da gemacht hat, welche verschiedenen Typen sie so kennenlernt und was dann gut und was schlecht ist. Vor allen Dingen ist es aber auch eine Bestärkung, in diesem Lebensalter von über fünfzig oder sechzig sein Glück zu suchen, und auch den entsprechenden Partner dazu.

Es war nicht einfach für Peter, über dieses Thema zu sprechen, aber er hat es trotzdem getan. Am Potsdamer Platz steigt Peter aus. Wie alle meine Winker kommt er irgendwo aus der Dunkelheit der Nacht hervor und entschwindet auch wieder in sie. Ob er noch Kontakt zu Britta hat? Oder ist ihm vielleicht eine andere neue Frau fürs Leben über den Weg gelaufen? Wir wissen es nicht und können es Peter, wie so vielen anderen Singles in dieser großen Stadt, nur wünschen. Ich lösche die Fackel auf dem Dach, beende die Schicht und lege mich schlafen.

DIE SIEBTE NACHT

Es ist Samstagnacht in Berlin, und es regnet in Strömen. Ich hocke hinter beschlagenen Scheiben und bin auf der Suche nach Winkern. Leider winkt mir aber nur der Scheibenwischer. Bei so einem Wetter ist die Suche schwierig. Die Leute nehmen zwar eher mal ein Taxi, aber es sind weniger Menschen unterwegs.

Bei Feuerwehr und Katastrophenschutz gibt es bestimmte Fahrzeuge, die so selten zum Einsatz kommen, dass sie in einem bestimmten Turnus eine Zeit lang um die vier Ecken gefahren werden, damit sie betriebsbereit bleiben. Das nennt sich im Fachjargon »Bewegungsfahrt«. Auch bei der Nacht-Taxe gibt es Bewegungsfahrten. Immer dann, wenn Menschen in der Taxe sitzen, die wirklich nichts zu erzählen haben oder unbedingt Geld gewinnen möchten. Leider verwechseln viele die ungewöhnliche *Berliner Nacht-Taxe* mit der gewöhnlichen Sendung eines Privatsenders. Die Geldgier bringt sie dabei so aus dem Häuschen, dass sie mich in gewagten Fahrmanövern überholen, verfolgen, schneiden, anhupen und jagen. Sie rufen, grölen oder reißen einfach die Tür auf und fragen: »Ist das das Quiztaxi?« Wenn ich das verneine, heißt es: »Scheiße!«, und die Tür knallt wieder zu.

Tanja und Zoe sind im falschen Film
Von Mitte nach Weißensee

Viele Menschen wollen eben Gewinner sein. So auch die beiden Damen, die jetzt die Taxe besetzen. Sie sind beide Mitte zwanzig, modisch angezogen und haben keinerlei Mangel an Selbstbewusstsein. Meine Offenheit, mein guter Wille und meine gute Laune schwinden von Minute zu Minute. Die zwei wollen sich einfach nicht auf ein Gespräch einlassen. Ich spiele mit. Aber man soll die Rechnung nie ohne den Fahrer machen.

M.K.: Hi, wir machen hier ne kleine Sendung für den rbb.
Tanja: Oh nein!
Zoe: Doch, komm! Dann können wir was verdienen.
M.K.: Ihr könnt nix verdienen. Ich unterhalte mich einfach nur mit euch. Wo kommt ihr jetzt her?
Zoe: Du, wir haben gedreht.
M.K.: Ihr seid auch aus dem Business?
Tanja: Ja, ganz dicke dabei.
Zoe: Aber noch sauber. – Aber die Nacht ist noch jung.
M.K.: Was habt ihr denn gedreht?
Tanja: Wir drehen für einen *echten* Sender!
M.K.: Was dreht ihr denn? Ein Movie?
Tanja: Nein. Genau, Ratespielchen. Wir drehens mal um.
M.K.: Ok, ihr dreht eine Show?
Zoe: Ja, aber hast du nicht irgendwelche Quizfragen?
M.K.: Ich habe keine Quizfragen, weil das keine Quizsendung ist! Das ist eine große Enttäuschung für viele Menschen.
Zoe: Das ist es tatsächlich.
M.K.: Hier gibt es nichts zu gewinnen.
Zoe: Ja, aber wir wären ja fast nicht eingestiegen deswegen.
Tanja: Werden wir hochgenommen? Oder passiert noch irgendwas?
M.K.: Nein, auch das nicht.
Tanja: Ja, aber was passiert denn hier in der Sendung? Wir dachten, wir könnten jetzt blaumachen und sagen, das Taxi sei schuld.

M.K.: Aber was eure Firma an Taxikosten heute spart.

Zoe: Ach, das stimmt doch gar nicht. Aber kriegen wir eine Quittung?

M.K.: Ihr müsst ja nix bezahlen.

Zoe: Ich weiß. Aber kriegen wir trotzdem ne Quittung?

Tanja: Das ist wirklich umsonst? Super. Man siehts, dass ich aus dem Osten bin. Wenns was umsonst gibt …

Zoe: Aber ich denk mir grade … scheiße, ich hätt gern was gewonnen. Moment! Wir machens so: Du hast fünf Fragen. Wenn du es innerhalb von fünf Fragen schaffst zu erraten, was Tanja beruflich macht, kriegst du von uns zehn Euro.

M.K.: O.k., das probiere ich.

Zoe: Er kommt nicht drauf. Ach, übrigens: Wenn du es nicht schaffst, dann kriegt sie zehn Euro, und ich auch.

M.K.: Hat es was mit Kostümen zu tun?

Tanja: Nein.

M.K.: Ich glaube, ich muss dir schon zehn Euro bezahlen.

Zoe: Ich glaubs auch, ganz ehrlich!

M.K.: Ich gucke mal, ob ich es klein habe.

Zoe: Wenn du zwanzig hast, ist auch o.k.. Den anderen kannst du mir dann gleich geben.

M.K.: Ich habe keinen Zehner. Wir machen erst mal weiter.

Tanja: Wo sind die Kameras eigentlich?

M.K.: Vor dir. Wer verfolgt uns da?

Zoe: Unser Kamerateam. Übrigens mit echten großen Kameras! Ich sags nur mal.

M.K.: Dann kommen wir mal zu dir. Du müsstest ja was Ähnliches tun.

Tanja: Bitte degradiere sie jetzt nicht! Sie ist keine Assistentin oder so.

M.K.: Nein, nein! Du musst natürlich auch aus der »oberen Etage« kommen. Du bist zuständig für die Choreografie?

Zoe: Warum? Weil ich schwarz bin?

M.K.: Nein.

Zoe: Doch! Wir Schwarzen können tanzen und singen. Sag ruhig, wie es ist.

M.K.: Ja, das könnt ihr ja auch. Du machst die Aufnahmeleitung?

Zoe: Nein! Letzte Frage! Zwanzig Euro!

Nach längerem Hin und Her und vielen weiteren Fragen und Antworten nehme ich einen Zwanzig-Euro-Schein aus der Tasche, zerreiße ihn in der Mitte und reiche die beiden Teile nach hinten. Blankes Entsetzen im Fond. Tanja will den Schein zusammenkleben und behalten. Zoe weigert sich, ihren »Anteil« anzunehmen. Sie möchte gleich noch mal gewinnen, also meinen Namen erraten, den sie nicht kennt. Nach einigen Handytelefonaten bringt sie mich mit der *Schillerstraße* in Verbindung und fragt nach meinem Nachnamen. Sofort hält sie wieder die Hand auf, sie ist der Meinung, erneut gewonnen zu haben.

Zoe: Mensch: Michael Kessler!

M.K.: Wie? Jetzt muss ich noch mal bezahlen?

Zoe: Natürlich, zehn Euro!

M.K.: Ich hab wieder nur zwanzig.

Zoe: Dann gib uns zwanzig, das haben wir uns verdient. Jeder einen zwanziger. Wir haben dir die Zeit aber auch wirklich versüßt. Komm schon!

M.K.: Das ist eine solche Abzocke, ich weiß nicht, ob ich mitmache.

Zoe: Ach komm! Du hast die Hand schon in der Tasche gehabt.

M.K.: Aber wir sind bei den Öffentlich-Rechtlichen. Ich schlage euch einen anderen Deal vor: Nachher, wenn ihr fertig seid, fahre ich euch wieder nach Hause.

Tanja: Das ist ein Deal, das machen wir.

Zoe: Und dann haben wir noch mal die Chance auf zwanzig Euro. Machen wirs so? Greif meine Hand: Deal!
M.K.: Nein, was seid ihr denn so geldgeil? Verdient ihr so schlecht?
Zoe: Nein, aber wir sind ... Wir denken immer noch, wir sind im Quiztaxi.
M.K.: Dann wacht endlich auf!

Natürlich habe ich der Dame meine Hand zum »Deal« nicht gereicht. Wir haben die Damen nirgends mehr hingefahren, und das Gespräch auch nicht in der Sendung ausgestrahlt. Wie man in den Wald hineinruft, so schallt es heraus. Aber wir haben aus dieser Tour etwas gelernt: Fahrgäste, die unbedingt Geld gewinnen möchten, müssen draußen bleiben.

Christian, Volker und die Revolution
Mitten durch Mitte

Die beiden Kunstlehrer Christian und Volker sind alte Freunde und haben in den Siebzigern in Berlin gemeinsam Kunst studiert. Sie brauchen ein Taxi, um zu einem Jazzkonzert zu fahren.

Christian: Also die siebziger Jahre an der HdK. Das war schon ... Das war die ganze K-Gruppen-Zeit. Da sind ja mehr Plakate als Bilder gemalt worden: »Wir schmeißen den Professor raus und machen unser Seminar alleine«. Und solche Geschichten sind da gelaufen. Richtig gute Feten auch, teilweise ...
M.K.: Fandet ihr die geil, die Zeiten?
Christian: Na ja, so im Nachhinein ... Es war schon ein bisschen exotisch. Wenn ich dran denke: dritter Hinterhof, vierter Stock, Außen-

toilette. Da weiß ich noch, wenn im Winter die Rohre vom Klo eingefroren waren, da konnte man nicht mehr aufs Scheißhäusle gehen. Man musste unten in die Kneipe gehen, wo man dann natürlich den ganzen Hinterhof traf. Die mussten ja auch alle da hingehen. Das war schon sehr bizarr.

M.K.: Wart ihr damals politisch engagiert?

Volker: Ja, kann man schon sagen. Studentenparlament.

Christian: Na ja, die »Revolution« stand ja unmittelbar bevor: KSV, KAG, Trotzkisten, Maoisten, und irgendwo ist man ja immer hängengeblieben, in irgend so einem Grüppchen. Das war ja so ne politneurotische Phase.

M.K.: Aber auch eine terroristische Phase.

Volker: Ja, dann anschließend.

Christian: Gerade in Schöneberg. »Die umherschweifenden Haschrebellen«, und was es da nicht so alles gab. Robi Baumann und Leute, die da in dem Zusammenhang aufgetaucht sind. War so eine Phase. War kurzweilig. Aber durch diese Phase hat sich dann das Studium auch etwas gedehnt.

M.K.: Wie lange?

Christian: Das darf man heute gar nicht mehr sagen. Zehn Jahre. Ich hab ja zwischendurch auch noch Urlaubssemester gemacht. Da war ich in Südamerika unterwegs. Das war 1974. Ich bin einfach mal ausgestiegen und abgehauen, bis nach Barbados und dann durch ganz Südamerika und nachher auch ohne Geld und mit Jobs zurück. Dann Arbeiter auf dem Schiff, Hamburg-Amerika-Süd, weiß ich noch, mit so nem Oetker-Dampfer von Buenos Aires nach Antwerpen.

Wir erreichen unser Ziel. Leider gibt es keine Karten mehr für das ausverkaufte Jazzkonzert. Zum Trost fahre ich mit den beiden noch ins *Café Moskau* und schaue mit ihnen eine Fotoausstellung an. Die beiden sind bisher die Einzigen, die uns einen kleinen Einblick ins wilde Berlin der Siebziger gegeben haben. Die Zeit, in der Berlin noch eine Insel war.

Hardy, Zwetana und die schwebende Kugel
Von Zehlendorf nach Lichtenberg

Der Wieduwilt hat eine Zauberveranstaltung ausgemacht. Ich parke die Taxe und schaue kurz rein. Die Veranstaltung ist gerade zu Ende. In der Kneipe sitzt der Zaubernachwuchs und verblüfft mich mit tollen Tricks. Ein Paar um die siebzig möchte aber schon nach Hause und nimmt mein Taxi-Angebot an. Er trägt einen Trenchcoat und ist sehr erkältet, sie trägt einen langen Mantel und schweigt während der gesamten Fahrt. Was ich nicht weiß: Die beiden sind vom Fach. Hardy Lossau-Romano und seine Frau Zwetana zählen zu den bekanntesten Zauberkünstlern der ehemaligen DDR.

M.K.: Wann haben Sie mit dem Zaubern angefangen?
Romano: 1945.
M.K.: Und wie kamen Sie dazu?
Romano: Na ja, ich hatte seinerzeit ein Zauberbuch gefunden. Auf einer Trümmerhalde in Berlin. Also, so ein ganz einfaches. Und da wurde erst mal die Lust am Zaubern geweckt. Dann fing ich an und hatte 1946 schon meinen ersten Auftritt. Damals hat Otto Molander, der erste Direktor der staatlichen Fachschule für Artistik und unser persönlicher Mentor, die Show aufgebaut.
M.K.: Mit welchen Tricks haben Sie damals angefangen?
Romano: Unser Haupttrick damals, mit dem wir in Moskau beim Festival die Silbermedaille bekommen haben, war die schwebende Kugel.

M.K.: Schwebende Kuh?

Romano: Schwebende Kugel!

M.K.: Ich darf ja nicht fragen, wie es funktioniert …

Romano: Fragen können Sie, aber ich sags Ihnen nicht.

M.K.: Ja, Sie dürfen das ja nicht. Der magische Zirkel verbietet das ja.

Romano: Davon halte ich nichts. Weil ja viele Zauberer auch ihre Tricks verraten. Es ist aber für mich nicht interessant, was der magische Zirkel verbietet oder gebietet, sondern mein eigener Ehrenkodex verbietet es mir. Das ist das Entscheidende.

M.K.: Aber wie sah der Trick mit der schwebenden Kugel aus?

Romano: Ja, eigentlich ist es ein ganz normaler Trick, den viele machen, das heißt, ein Tuch wird über eine Kugel gelegt, und die schwebt dann. Aber das Außergewöhnliche, das die Auszeichnungen mir gebracht haben, das war das Experiment, dass ich als Pantomime gearbeitet habe. So wie Marcel Marceau. Ich habe wie ein Pantomime mit dem Körper das Schweben herausgearbeitet, und das war einmalig in der damaligen Zeit, und auch heute noch.

M.K.: Und war Zauberer Ihr Hauptberuf?

Romano: Ja, ich habe nie etwas anderes gemacht.

M.K.: Sind Sie im Ost- oder Westteil Berlins aufgewachsen?

Romano: Im Ostteil.

M.K.: Sie sprachen ja auch von Moskau …

Romano: Damals wurde ich als Vertreter der DDR dort hingeschickt und habe dann für die DDR die Silbermedaille gewonnen. Aber ich war viel in Indien, im gesamten Orient, in Bagdad, in Afrika und so weiter, und in Europa auch …

M.K.: Gab es denn eine große Zaubererszene in der DDR?

Romano: Eine gute Zauberszene. Es war eine gut geförderte Szene, die auch einige Hilfsmittel des Staates hatte. Fachberater und Mentoren wurden zur Verfügung gestellt, und die Leute konnten ihr Können und Wissen vervollkommnen. Genauso wie die Sänger Unterricht in Gesang und Schauspiel bekamen, war das alles eine fundierte Ausbildung.

M.K.: Sind Sie immer alleine aufgetreten oder auch mit Ihrer Frau?

Romano: Nein, nein, ich bin immer mit meiner Frau aufgetreten. Aber wir haben uns ja erst 1963 kennengelernt. Ich war bei einem Gastspiel in Bulgarien, da habe ich sie gesehen und gesagt: »Die Frau heirate ich«, und nach einer Stunde haben wir geheiratet.

M.K.: Nach einer Stunde?

Romano: Ja, ja. Das war Weltrekord! Der Botschafter hat damals gesagt: »Die Frau hätte ich auch geheiratet.«

M.K.: Sie haben sie also verzaubert.

Romano: Nein, sie hat mich verzaubert. Sie war eine der schönsten Frauen damals, und ich war sofort fasziniert …

M.K.: Wer ist für Sie der größte Zauberer aller Zeiten?

Romano: Es gibt einige Leute, die sehr große Magier waren. Die auch schon im Bereich der Kunst wirkten und nicht nur im Bereich der Unterhaltung.

M.K.: An wen denken Sie da?

Romano: Für mich waren immer diese Leute faszinierend, die große Könner waren. Viele sind ja nur groß durch marktschreierisches Gehabe und Reklame, und dahinter steckt dann absolut nichts. Die können ihre Tricks gerade so beherrschen.

M.K.: Was ist mit David Copperfield?

Romano: David Copperfield war ein fantastischer Mann in seinen frühen Jahren. Er war da ideal für alle Magier, auch für mich. Ich war begeistert von seinen Shows und muss Ihnen sagen: Ich war immer ein großer Fan von ihm. Ich habe ihn das erste Mal persönlich in der Deutschlandhalle erlebt. Da habe ich dann auch die Realität gesehen. Dass die Fernsehaufzeichnung nicht immer das wiedergibt, was auf der Bühne machbar ist. Aber das liegt im System des Fernsehens begründet und nicht in dem des Könnens. Copperfield steht in der Reihe nicht an der Weltspitze, aber er ist einer der fünfzig besten Magier der Welt.

M.K.: Und wer steht an der Weltspitze?

Romano: Einige. Aber das sind Namen, die das Publikum nicht kennt. Die nur den Fachleuten geläufig sind, weil wir andere Wertungen haben. Zum Beispiel war für mich immer Harvey Luperti einer der größten Magier. Das war ein Magier, der in seiner Brillanz und in seinem Können unnachahmlich war. Oder ich erinnere mich an Fredo Marvelli, den alten Marvelli, der den Konzertsaal eröffnet hat für die magische Kunst. Der sie aus der Unterhaltung herausgehoben und sie zur Kunst gemacht hat durch seine Texte, seine Vorträge. Und dann Kalanag …

M.K.: Welche Rolle hat denn Ihre Frau gespielt? Wurden Sie schon mal zersägt von Ihrem Mann?

Romano: Nein, den Trick hatten wir nicht im Programm.

M.K.: Da haben Sie aber Glück gehabt. Geschwebt?

Romano: Auch nicht. Unser Augenmerk war die perfekte Übereinstimmung von Magie, Bewegung und Musik. Es war auch damals die größte Papageien-Show der Welt! Wir hatten ja über sechzig Tiere. Das war in den siebziger, achtziger Jahren. In den neunziger Jahren haben wir verkleinert. Es waren immer noch Papageien drin, aber da warens nur noch zehn oder fünfzehn. Und als das Jahrtausend sich dem Ende neigte, wir waren noch gut im Geschäft, haben wir gesagt: »Mit dem Jahrtausend machen wir Schluss.« Denn ich wollte ja nicht als Mumiengreis auf der Bühne stehen, wo mich die Assistenten dann rechts und links festhalten. Nun bin ich heute auch fünfundsiebzig, was solls …

M.K.: Aber wenn Sie jetzt abends zu Hause sitzen, wird da noch der eine oder andere Zaubertrick probiert, oder zaubern Sie überhaupt nicht mehr?

Romano: Ich zaubere überhaupt nicht mehr.

M.K.: Und es juckt auch nicht in den Fingern?

Romano: Nein, das ist ein abgeschlossenes Kapitel, und meine gesamten Zauberrequisiten und auch meine gesamte Zauberliteratur liegen im Keller und vermodern. Das Kapitel ist aus der Wohnung verbannt und abgeschlossen. Da sind nur noch meine Papageien, die ich noch habe. Die haben ihr Gnadenbrot. Die Tiere, die Jahrzehnte mit uns gearbeitet haben, und die werden gehegt und gepflegt bis an ihr Lebensende.

M.K.: Führten Ihre Touren auch in den Westen?

Romano: Ja, natürlich. Wir haben viele große Sachen drüben gemacht, und in der DDR sowieso. Alle Kulturhäuser, alles ...

M.K.: Auch vor der Politprominenz gezaubert?

Romano: Ja, natürlich. Wenn die kamen, wie Fidel Castro zum Beispiel, dann waren wir natürlich in den Programmen. Da waren wir mit dabei.

M.K.: Und dem Fidel Castro haben Sie dann die Zigarre weggezaubert?

Romano: Das nicht. Er war im Gästehaus mit Honecker und so.

M.K.: Hätten Sie gerne die Mauer weggezaubert?

Romano: Nein, an und für sich nicht. Sie hat mich nicht gestört. Ich habe den Nationalsozialismus noch erlebt, die dreizehn Jahre, und wir hatten damals gesagt, als wir bei den Bomben im Keller saßen: Lieber Gott! Wir wollen unser ganzes Leben lang nur trocken Brot und Wasser essen, aber lass uns bitte mit den Bomben aufhören und mit dem Krieg. Nun gut, der Krieg hat aufgehört. In der DDR habe ich auch was anderes zu essen gekriegt als Wasser und Brot, und ich habe immer daran gedacht und gesagt: Was will ich mehr? Das wäre bei mir auch verlogen gewesen. Erstens hatte ich mein Publikum, und das konnte und wollte ich nicht alleine lassen. Wenn da alle in den Westen gegangen wären … Die, die es nicht konnten, wären nachher die Dummen gewesen.

Am Ziel angekommen, verabschieden wir uns. Hardy Lossau-Romano hat mich mit seiner Geschichte schon ein bisschen verzaubert. Ich muss wieder an den »Mann mit der Maske« denken und hoffe, dass wir uns in diesen fantasielosen Zeiten auch in Zukunft verzaubern lassen. Irgendwie erinnert mich ein Magier immer wieder daran, dass es Dinge zwischen Himmel und Erde gibt, die wir nicht erklären können.

Gaietano und die Carbonara
Von Charlottenburg nach Spandau

An der nächsten Ecke winkt ein korpulenter Mann um die fünfzig mit einer Tasche. Er trägt eine Windjacke und sagt mir mit tiefer rauer Stimme und einem starken italienischen Akzent, dass er in eine bestimmte Kneipe gefahren werden möchte. In der Taxe riecht es nach Pizza und Pasta. Mamma mia!

M.K.: Wo kommst du her?
Gaietano: Aus Abruzzen, Mitte Italien. Genau in Mitte zwischen Rom und Adria. Meine Stadt ist eine kleine Stadt mit 45 000 Einwohnern, Arenzano.
M.K.: Und du kommst jetzt woher?
Gaietano: Ich habe gerade Feierabend.
M.K.: Und gehst jetzt nach Hause?

Gaietano: Nein, gehe jetzt in meine Lieblingskneipe. Mit Kumpel. Ein bisschen ein Bier, zwei vielleicht, drei, weiß ich nicht.

M.K.: Und was hast du bis eben gearbeitet?

Gaietano: Ich bin Kock von italienische Küche.

M.K.: Wie bitte?

Gaietano: Kock von italienische Küche.

M.K.: Ach, du kochst! Mamma mia!

Gaietano: Aber richtig italienisch!

M.K.: Was heißt das?

Gaietano: Das heißt zum Beispiel: Ich nutz keine Sahne. Für Torten, ja.

M.K.: Warum?

Gaietano: Keine fettisch Sahnesauce.

M.K.: Sondern? Wie machst du die Sauce?

Gaietano: Gern mit Weißwein oder mit Fleischbrüh oder Gemüsebrüh.

M.K.: Und wie machst du die Carbonara? Ohne Sahne? Auch mit Brühe?

Gaietano: Nein, mit Eier! In Wasser, wo ist die Nudel gekocht. Si.

M.K.: Kochst du auch gerne für dich privat?

Gaietano: Nein! Oder wenn habe ich Gast gerne. Aber für mich alleine: Nein. Weil kochen ist gut. Gut essen, aber danach musst putzen, und das gefällt mir nicht.

M.K.: Wie lange bist du schon in Deutschland?

Gaietano: Nächste Februar sieben, acht Jahre.

M.K.: Und wie hats dich nach Deutschland verschlagen aus dem schönen Italien?

Gaietano: Hahaha, das ist eine gute Frage. Damals, ich habe in Italien gearbeitet, in eine Touristikhotel auf die Berge. War Sommer '97, und ich hab da eine Berlinerin kennengelernt.

M.K.: Amore!

Gaietano: Kannst du sagen! Und die nächste Silvester, ich habe in Berlin gefeiert und zurück nach Italien, und nach zwei, drei Wochen, sie haben mich angerufen. Ich habe ein Italiener kennengelernt, eine italienische Besitzer von italienische Restaurant, und ich habe hier gearbeitet. Aber ist dasselbe wie in Italien. Obwohl von meine Beruf ist in Italien ein bisschen besser. Weil in Italien die Menschen gehen in Restaurant zum Essen, zum Genießen! Essen in Restaurant, was koche nicht zu Hause. Etwas Besonderes. Ich gehe nicht in Restaurant, eine Salat zu essen, weil mit neun Euro ich kaufe zwei Kisten bei Obst-Gemüsehandel.

M.K.: Und du meinst, in Deutschland genießen das die Menschen nicht so im Restaurant?

Gaietano: Nein! Auch, aber ich glaube kommen Leute ohne viel Ahnung von italienische Küche und sagen: »Ich möchte so, ich möchte ohne, ich möchte mit.« Zum Beispiel Speise mit italienische luftgetrockneter Speck und sagen: »Ich möchte ohne Speck.« Nein! Das gehört zu diese Rezept! Nein, ist schwer irgendwie. Zu viel Wunsch! Extrawunsch! Mit, ohne, mit ...

M.K.: Das ist in Italien anders, oder?

Gaietano: Gibt nicht! Ich schreibe eine Karte jeden Tag. Wir haben eine feste Karte und eine Abendkarte. Sind meine Rezepte! Keiner kann sagen, wie ich muss kochen! Auch mein Chef nicht! Ich arbeite auch mit Gefühl! Viel Gefühl! Nicht nur für Geld. Für Geld kann ich auch etwas anderes machen, nicht kochen.

M.K.: Also ist Kochen eine Leidenschaft von dir?

Gaietano: Eine echte Leidenschaft von mir. Passione!

M.K.: Was ist aus der Frau geworden, die dich nach Deutschland gebracht hat?

Gaietano: Ich habe keinen Kontakt mehr.

M.K.: Ist auseinandergebrochen?

Gaietano: Ja, ein Jahr zusammen ... Habe ich noch mehrere Frauen kennengelernt.

M.K.: Aber du bist hier hängengeblieben. Oder hast du jemals gedacht: Ich gehe zurück nach Italien?

Gaietano: Kann ich auch, aber Berlin gefällt mir sehr. Ich kenne nur Berlin. Ein bisschen von ganz Deutschland. Ich war in Urlaub auch an Ostsee. War ich in Rügen. War ich in Usedom auch. Aber Sommer ist nicht so wie in Italien, besonders am Meer, am Strand.

M.K.: Vermisst du das manchmal?

Gaietano: Ja, manchmal ich vermiss meine Berge!

M.K.: Bist du denn ab und zu in Italien?

Gaietano: Dreimal im Jahr ... Nächste Mal zu Weihnachten, Silvester.

M.K.: Und feierst mit der ganzen Familie?

Gaietano: Ja.

M.K.: Kochst auch für die ganze Familie?

Gaietano: Nein! Ist immer die gleiche Grund, weil ich mach so dreckig. Ich gehe zu meine Mutter.

M.K.: Hat deine Mama dir das Kochen beigebracht?

Gaietano: Meine Mutter ist Rentnerin jetzt. Ich bin alt und sie ist viel älter, und sie haben eine andere Beruf gemacht. Mein Mama war Lehrerin und mein Vater auch. Mein Vater auf Gymnasium: Latein und Griechischlehrer und meine Mama für Kinder.

M.K.: Wenn du essen gehst, bist du dann sehr kritisch?

Gaietano: Wenn ich gehe in italienisches Restaurant zum Essen, ich bin sehr kritisch! Aber die deutsche Küche esse ich sehr gern, zum Beispiel Eisbein gefällt mir.

M.K.: Verfolgst du, was in Italien passiert? Liest du die italienische Zeitung?

Gaietano: Ja, ja. Ich habe Satellitengerät.

M.K.: Wie schätzt du das ein, was gerade in Neapel passiert?

Gaietano: Ja, habe ich auch gerade gestern mit eine Kumpel eine Diskussion. Wir haben unterhalten. Ich kenne nicht diese Realität von Neapel richtig, aber ich habe meine Meinung. Ist nicht einfach so passiert. Eine lange Geschichte. In Neapel bis jetzt und noch weiter es gibt keine … *Lo stato è assente*, Staat ist nicht da. Wenn es gibt Korruption, wenn es gibt schwarze Zigaretten zu kaufen und ein Polizist selber kauft da Zigaretten, was soll dann passieren? Ich weiß für eine Ausländer, für einen Nicht-Italiener, diese Fakten von Neapel sind sehr besonders und nicht normal. Aber wenn ein Mann sagt zu Zigarettenverkäufer oder Klamotte: »Du gibst uns dreitausend Euro im Monat, sonst wir nehmen deine Kinder oder deine Frau«, oder manchmal sagen: »Du raus hier«, was kann machen? Eine Zivilcourage muss haben! Ein Mensch, ein Individuum kann nicht kämpfen gegen diese Bestien. Das sind Bestien. Muss der Staat da sein. Muss schützen die Bürger. Es gibt überall gute und schlechte Menschen. Nicht so einfach. Letzte Jahre die Polizei hat festgenommen ein paar Chefs von die Camorra, und jetzt kämpfen zwei, drei Banden, wer zum Chef werden. Das ist eine lange Geschichte …

Gabi, Jürgen und die wilde Ehe in der Gartenstadt
Von Charlottenburg nach Staaken

Auf der Kantstraße winkt ein vergnügtes Paar, das nach Hause möchte. Das heißt in diesem Fall in die Gartenstadt Staaken, im äußersten Westen Berlins. Die beiden sind um die vierzig, einfach gekleidet. Er ist eher still, sie total verkichert und aufgedreht. Gut, dass Gabi und Jürgen eben auf dem *Klo* waren, denn wir haben jetzt etwa vierzig Minuten Fahrt vor uns.

M.K.: Wo kommt ihr her?

Gabi: Wir waren erst ein bisschen essen, beim Spanier, und dann waren wir im *Klo*. In der Wessi-Kneipe. Jetzt fahren wir nach Hause.

M.K.: Im *Klo*? Und wie wars?

Gabi: Albern. Wir waren mit Kollegen da, und ich find das gut. War lustig. Solange der nicht über mich spricht.

M.K.: Seid ihr gebürtige Berliner?

Jürgen: Ich schon, aus Spandau. Spandau-Staaken.

Gabi: Ich nicht. Ich bin gebürtig aus dem Sauerland. Aus Meschede.

M.K.: Und wie hat es dich hierher verschlagen?

Gabi: Mein Vater hat hier damals Arbeit bekommen, und dann sind wir hierhergezogen, da war ich sechs oder so.

M.K.: Was macht ihr beruflich?

Gabi lacht.

Jürgen: Fang doch einfach mal an.

Gabi: Ich bin Erzieherin im Kindergarten. Das ist mein Traumjob. Kinder sind ehrlich.

Jürgen: Und ich bin ein Büromensch.

M.K.: Aber kein »Bürohengst«?

Jürgen: Wer weiß ... Genau dort, wo wir jetzt hinfahren, in die schöne Gartenstadt. Da sitze ich im Büro und verwalte Wohnungen.

M.K.: Du machst ja alles in Staaken?

Jürgen: Richtig.

M.K.: Aber du traust dich auch mal raus?

Jürgen: Ganz selten, ganz selten.

Gabi: Weil er muss! Weil ich ihm das anordne.

M.K.: Du gibst den kräftigen Tritt in den Hintern?

Gabi: So sieht das aus!

M.K.: Wolltest du nie weg? Gefällt es dir da so gut?

Jürgen: Ja, schon. Es ist ruhig dort, wir wohnen draußen, schön im Grünen. Wir haben dort alle Gärten …

Gabi: Mit Kindern da zu wohnen ist schon ganz nett, aber ich bin auch gern mal in der Stadt. Ich muss auch mal raus. Er fühlt sich da noch gediegener als icke.

M.K.: Ihr habt also Kinder. Wie viele denn?

Gabi: Zwei Stück.

M.K.: Was machen die gerade? Die schlafen hoffentlich.

Gabi: Nee, der Sohn ist gerade auf Konfi-Fahrt und die Tochter schwirrt irgendwo in Berlin rum. Da ruf ich nachher mal an.

M.K.: Wie alt sind die denn?

Gabi: Tochter ist siebzehn und Sohn ist vierzehn.

M.K.: Wie lange darf die denn so umherschwirren in Berlin?

Gabi: Na ja, laut Jugendgesetz nur bis zwölf. Aber wenn sie auf Feten ist, mit Bekannten, dann drücke ich auch mal ein Auge zu.

M.K.: Kein Alkohol, kein Rauchen?

Gabi: Richtig. Die Eltern machen alles, und die Kinder sind vernünftiger als die Eltern. Ist wirklich so.

M.K.: Die Kinder sind also das Gegenteil von euch?

Gabi: Wenn uns immer erzählt wird, die Jugend von heute, die sind alle so unmöglich – das stimmt nicht. Ich glaub, ich war viel schlimmer als meine eigenen Kinder.

M.K.: Wie bitte? Warst du so schlimm?

Gabi: Ja, spät nach Hause gekommen, gab ja kein Handy.

M.K.: Und Mutti saß dann da und hat auf dich gewartet?

Gabi: Ja, und ich war total genervt, wenn ich morgens nach Hause kam. »Warum sitzt du hier?«

M.K.: Wie habt ihr beiden euch kennengelernt?

Gabi lacht wieder.

Jürgen: Das ist ne schöne Geschichte.

Gabi: Das ist so peinlich! Also, mein Vater hatte mal eine Kneipe gepachtet.

M.K.: Wo?

Gabi: In Spandau.

Jürgen: In Staaken!

M.K.: Wo sonst!

Gabi: Und dann kamen an einem Abend viele junge Leute, und ich war damals sechzehn und meine Mutter rief mich an und sagte: »Komm! Du musst helfen!« Ich bin damals hin und hab geholfen, und dann kam er mit seinen ganzen Freunden. Die waren da ein Bier trinken, und da wird der junge Mann neben mir gesagt haben: »Mensch! Nehme ich doch eine von den Wirtstöchtern …« – denn ich habe noch ne Schwester – »… dann kann ich immer schön umsonst Bier trinken.«

M.K.: Und dann hats gefunkt?

Gabi: Erst nicht. Ich konnte dich ja erst nicht leiden. War das nicht so?

Jürgen: Angeblich.

Gabi: Aber du konntest mich auch nicht leiden.

M.K.: Man hat sich dann vorsichtig angetastet?

Jürgen: Na ja, »nicht leiden« stimmt ja erst mal nicht. Hoffe ich zumindest mal.

Gabi: »Vorsichtig rangetastet?« War das so? Ich habe gesagt: »Das ist jetzt so, und basta!«

Jürgen: Ich weiß nicht mehr so ganz genau, wann es richtig gefunkt hat.

Gabi: Er war immer der Stillste von allen.

M.K.: Na ja, er kommt auch aus Staaken. Da spricht man nicht viel und sitzt in seinem Garten.

Jürgen: Richtig.

Gabi: Ach, komm! Du hast wahrscheinlich gesagt: »Uuaahh, Wessi-Tussi! Och, ist mal was anderes …« Als Berliner kennste alle schon.

M.K.: Hast du gesagt »Wessi-Tussi«? Ihr habt ne richtige Ost-West-Beziehung?

Jürgen: Du bist ne »Zonengabi«, oder?

Gabi: Jetzt mach mal nen Punkt! Bin ich gar nicht. Ich komm doch aus NRW!

M.K.: War Staaken früher Osten oder Westen?

Jürgen: Nee, war Westen. Wir sind direkt an der Mauer groß geworden. Die Mauer stand direkt vor unserer Haustür, sozusagen.

M.K.: Ist euer Sohn so brav wie die Tochter?

Gabi: Ja, die sind schon in Ordnung. Beide. Man muss zwischendurch mal Scheiße bauen, sonst ist das Leben langweilig.

M.K.: Haben die schon Scheiße gebaut?

Gabi: Ja.

Jürgen: Aber jetzt frag nicht, was!

Gabi: Kinder, die keine Scheiße bauen, sind keine Kinder. Das wär langweilig. Ja-Sager sollte man nie heranziehen. Kinder müssen auch immer dagegenhalten. Das ist wichtig! Jeder hat so drei Dinge im Leben, die darf er anstellen, und dann ist gut.

M.K.: Hast du auch mal Scheiße gebaut?

Gabi: Ja, klar. Das war ne Mutprobe. Ich sollte was klauen, bei C&A, und ich steck mir was untern Pullover, gehe an der Kasse vorbei, da piept das Ding, und da war auch schon der Kaufhausdetektiv da: »Junge Frau, kommen Sie mit!« Ich wusste damals wirklich nicht, wie ich heiße, wo ich wohne, und das war mir ne Lehre …

M.K.: Hast du auch was angestellt damals?

Jürgen: Nee, ich bin schließlich Staakener!

M.K.: Ja, da passiert nicht viel. Da sitzt man in seinem Garten.

Gabi: Das ist doch langweilig, oder?

M.K.: Aber ihr unterscheidet euch ja doch ein bisschen. Du bist so mehr der ruhige Typ.

Jürgen: Das hast du aber schnell erkannt.

Gabi: Ist das nicht in den meisten Beziehungen so? Frauen telefonieren stundenlang und …

M.K.: … die Männer hören nur zu.

Gabi: Männer machen kurze Ansagen, und dann ist gut.

M.K.: Wie lange seid ihr denn schon zusammen?

Gabi: Dreiundzwanzig Jahre.

M.K.: Und auch schon so lange verheiratet?

Jürgen: Wir sind inzwischen länger geschieden, als wir verheiratet sind.

M.K.: Ach?

Gabi: Ich sagte ja: Jeder sollte mal Scheiße bauen.

Jürgen: Also erst mal haben wir geheiratet …

M.K.: … und dann habt ihr euch scheiden lassen?

Jürgen: Und dann kamen wir wieder zusammen.

M.K.: Das ist ja eine interessante Geschichte. Und wollt ihr demnächst mal wieder heiraten?

Gabi: Nee, es geht auch so.

M.K.: Wie lange hat es gedauert, bis ihr nach der Scheidung wieder zusammenkamt?

Jürgen: Ich meine, es wären drei Jahre gewesen.

Gabi: Ich sag zwei.

Jürgen: Ja, genau kriegen wir das heute wohl nicht mehr hin.

M.K.: Und war da Funkstille?

Gabi: Nein! Wundervoller Vater!

Jürgen: Nein, über die Kinder haben wir uns immer verständigt.

M.K.: Waren es vielleicht auch die Kinder, die euch wieder zusammengeführt haben?

Jürgen: Vielleicht ein Stück weit.

M.K.: Wer hat dann wieder den ersten Schritt gemacht?

Gabi: Ich! Ich habe ja auch die Scheidung eingereicht.

M.K.: Und warum hast du denn die Scheidung eingereicht?

Jürgen: Das ist wie in so vielen Beziehungen mit Scheidung oder ohne: Der Alltag kommt, die Kinder sind da, man hat sich nichts mehr zu sagen und so weiter und so fort. Und dann verliebt man sich und denkt sich: Party! Ich muss hier raus, und im Endeffekt war alles Schwachsinn.

M.K.: Ihr hattet also jetzt nicht Zoff jeden Tag?

Gabi: Nee, nee, das war viel schlimmer. Das ist so der leise Tod in einer Beziehung. Wenn man gar nicht mehr redet und jeder macht seins. Dann ist es zwischendurch einfach besser, es knallt mal kurz, und man geht wieder aufeinander zu.

M.K.: Würdet ihr denn überhaupt noch mal heiraten?

Gabi: Nee, der Sinn ist einfach nicht da.

M.K.: Habt ihr damals mit allem Drum und Dran geheiratet?

Gabi: Ja, das war ein Muss! Damals wars ein Muss.

M.K.: War das der schönste Tag in eurem Leben?

Gabi: Nee, der war bei den zwei Geburten der Kinder.

M.K.: Was gefällt dir an deiner Frau gut? Dass sie so entspannt ist?

Jürgen: Sie ist nicht entspannt. Mit Sicherheit nicht.

M.K.: Was gefällt dir dann an ihr?

Jürgen: Sie ist lebhaft, herzlich …

Gabi: Weiter, weiter!

Jürgen: Lebensfroh.

M.K.: Und was gefällt dir an deinem Mann?

Gabi: Ja, seine ausgeglichene Art. Also, es nervt mich oft: Seine Ruhe. Aber es ist o.k.. Er behält immer den Überblick, wenn ich schon durchdrehe.

M.K.: Und bist du dann der Entscheider?

Jürgen: Ich meine schon, ja.

Gabi: Ich kann mich ja in dem Moment nicht entscheiden. Meint er. Ich bin zwar der Meinung, ich kann das schon, aber er meint nicht. Ist okay.

M.K.: Hat er denn meistens recht?

Gabi: Nu. Allein, wie wir vorhin aus dem Bus gestiegen sind. Da hat er gesagt: »Das Restaurant ist da!«, und ich sagte: »Nee, da!« – und wer hatte recht?

Jürgen: Na ja, kommt auch mal vor.

M.K.: Haben die Kinder während der Trennung bei Papa oder bei Mama gewohnt?

Gabi: Bei mir. Er ist ausgezogen. Er war um die Ecke. Das war okay.

M.K.: Wir sind fast da.

Jürgen: Das hier ist eine ganz bekannte Siedlung, weil sie einzigartig ist als Gartensiedlung nach englischem Vorbild – sie ist schon über neunzig Jahre alt.

M.K.: Und wie heißt die?

Jürgen: Gartenstadt Staaken.

Gabi: Das stimmt. Die wird auch gerne als Kinokulisse genommen.

M.K.: Und was wurde hier gedreht?

Jürgen: Otto zum Beispiel.

Gabi: Dann was mit Til Schweiger.

Jürgen: Und Romy Schneider war hier!

Die beiden steigen leise aus. Die Gartenstadt ist um diese Zeit wie ausgestorben. Die Staakener liegen schon seit vielen Stunden im festen Schlaf und träumen von Geranien, Rhododendron und Romy Schneider. Ich verabschiede unser patentes, geschiedenes Ehepaar. Jürgen und Gabi schleichen vergnügt in ihr Häuschen. Gegensätze ziehen sich ja bekanntlich an. Ich starte leise die Taxe und mache mich auf den Weg – zurück in die Zivilisation.

Anja sucht den Mann des Lebens
Von Schöneberg nach Marzahn

In Schöneberg picke ich gegen vier Uhr morgens drei Mädchen auf. Sie sind alle um die neunzehn, kommen gerade gestylt aus der Disco und möchten nach Hause. Es ist nur ein kurzer Ausschnitt aus dem Gespräch. Zwei der Mädchen sind in festen Händen und eines ist auf der Suche nach dem Traumprinz – sie nutzt den Moment in der Taxe und wendet sich der Kamera zu.

Anja: Also, wir sitzen gerade im Taxi und mein Name ist Anja. Ich bin seit drei Monaten Single und ich möchte einen Typen kennenlernen. Einen ganz lieben. Ist egal, wie er aussieht. Dunkler Typ, das auf jeden Fall!

M.K.: Das wars schon? Was muss er noch haben?

Rebecca: Er muss nur braune Haare haben, dann ist alles gut.

Anja: Und wenns geht, über zwanzig.

M.K.: Aha, du suchst also einen etwas älteren Freund?

Anja: Da kriegt man keine Kopfschmerzen.

M.K.: Warum?

Anja: Ja, weil die jungen … Da macht man sich so Kopfschmerzen: »Ja, Schatz, ich geh heute tanzen.« – »Und wann kommst du wieder?« – »Ja, um zwei.« Und dann kommt er um fünf, und dann macht man sich Kopfschmerzen. Und wir dürfen dann die ganze Zeit zu Hause sitzen und auf die Männer warten. Die kommen nicht.

M.K.: So läuft das heutzutage?

Anja: Ja, das ist total schlimm.

M.K.: Und vor dreieinhalb Monaten ist deine alte Beziehung auseinandergegangen?

Anja: Ja, nach zweieinhalb Jahren. Er hat mit mir Schluss gemacht.

M.K.: Warum das denn?

Anja: Weiß ich auch nicht. Ich bin nicht gut genug.

M.K.: Hat er das gesagt?

Anja: Nein, war nur ein Scherz. Aber ich bin drüber hinweg und lebe mein Leben.

M.K.: Hat er denn irgendwas dazu gesagt?

Anja: Na ja, war Gewohnheit. Unsere Beziehung war zur Gewohnheit geworden, und dann wurde es ein bisschen langweilig.

M.K.: Hast du das auch so empfunden?

Anja: Zur Hälfte. Es ist schon zur Gewohnheit geworden, ich hätte nur gern noch ein bisschen gekämpft. Aber wenn es vorbei ist, dann ist es vorbei. Und ich bin auch glücklich und es ist o.k..

M.K.: Wie hat der mit dir Schluss gemacht?

Anja: Also nicht per SMS.

M.K.: Gott sei Dank.

Ich setze die Mädchen zu Hause ab. Leider hat sich bei uns noch niemand auf Anjas »Kontaktanzeige« gemeldet, und ich hoffe, dass sie wieder jemanden gefunden hat – jemanden, der ihr keine Kopfschmerzen macht. Während ich vor mich hin sinniere, warum so viele Beziehungen heutzutage schnell langweilig und zur Gewohnheit werden, fahre ich in Richtung Bett. So früh am Morgen ist selbst Berlin leer. Manchmal rasen noch Polizei und Krankenwagen mit Blaulicht und Martinshorn an mir vorbei. Es ist die Zeit, in der in bestimmten Ecken von Berlin immer wieder Zoff ist. Es ist die Zeit, in der die ersten druckfrischen Zeitungen und ofenwarmen Brötchen ausgeliefert werden und die Sonne allmählich ihr Licht auf einen neuen Tag in dieser großen Stadt wirft.

DIE ACHTE NACHT

Wie sagte mal ein Taxifahrer zu mir: »Schlimm sind nicht die Besoffenen. Schlimm sind die Verrückten.« Nach dieser achten Nacht werde ich das Gefühl haben, die besoffenen Verrückten an Bord gehabt zu haben.
An jedem Tag und in jeder Nacht herrschen ganz bestimmte Energien. Mal bessere und mal schlechtere. Diese Nacht hält gleich mehrere sehr seltsame und eher unangenehme Begegnungen für mich bereit.

Die zwei arabischen Hengste
Kreuz und quer durch Wilmersdorf

Gleich zu Beginn steigen zwei arabische Jungs zu, die »einem Freund Geld bringen müssen«. Nennen wir sie mal »Eins« und »Zwei«. Ich weiß bis heute nicht, was für eine Geschichte da wirklich ablief. Dafür wissen die Jungs aber genau, welche Fragen sie beantworten – und welche nicht.

Eins: Darf man hier rauchen?
M.K.: Na ja, Ausnahme. Wo müsst ihr hin?
Zwei: Zum U-Bahnhof und wieder zurück.
M.K.: Was macht ihr denn da jetzt?
Eins: Wir müssen nur ganz kurz zu einem Freund, bisschen Geld abgeben, und dann wieder hierher.

M.K.: Verstehe. Aber das ist jetzt keine Drogenfahrt?

Eins: Nein!

M.K.: Klingt nach nem Deal: Geld abliefern und dann wieder zurück.

Zwei: Sozusagen. Ich hab Geld genommen von meinem Vater, für meinen großen Bruder. Ich soll ihm das geben. Ich soll ihm das vorbeibringen. Der wartet schon lange auf mich.

Ein Handy klingelt. Zwei geht ran.

Zwei: Fahren mit Taxi … In zwei, drei Minuten … Yallah.

M.K.: Seid ihr Araber?

Zwei: Ja, ich komme aus Palästina.

Eins: Ich bin Amerikaner.

M.K.: Warum sagst du dann »Yallah«?

Zwei: Hat er von mir gelernt.

M.K.: Von wo bist du aus Amerika?

Eins: Ich weiß nicht, ich war noch nie da.

M.K.: Ach so, du bist hier geboren?

Eins: Ja.

M.K.: Und was macht ihr heute Abend?

Zwei: Ich geh jetzt nur mein Geld abgeben, und dann geh ich zu einem Freund. Die warten da auf mich, haben da Alkohol und so.

M.K.: Als Araber dürft ihr doch keinen Alkohol trinken?

Zwei: Ich bin aber so einer, der einfach trinkt.

M.K.: Wissen das deine Eltern?

Zwei: Nein. Meine Eltern wissen das nicht.

M.K.: Die wissen auch nicht, dass du rauchst?

Zwei: Nee.

M.K.: Und woher kennt ihr beiden euch?

Zwei: Mein Verwandter … von meiner Mutter die Freundin.

M.K.: Wie alt seid ihr denn?

Zwei: Sechzehn.

Eins: Neunzehn.

M.K.: Und was macht ihr? Du gehst wahrscheinlich noch zur Schule?

Zwei: Ja.

Eins: Und ich mache ne Ausbildung zum Maler.

Das Handy klingelt erneut. Zwei geht wieder ran.

Zwei: Nein! Er biegt jetzt hier ab. Kannst du hinkommen? ... O.k., ich bin in zehn Minuten da.

Zwei: Mach mal bisschen Musik an, bitte.

M.K.: Ah, da läuft türkische Musik!

Zwei: Kein türkisch, mach mal »98,8«.

M.K.: Sprecht ihr arabisch untereinander?

Zwei: Nein. Nur ein bisschen.

Eins: Ich versteh sehr gut, weil ich mit Arabern aufgewachsen bin.

M.K.: Bist du ab und zu in Palästina?

Zwei: Ich war nur einmal da. Aber nur an der Grenze, vor ein paar Jahren.

M.K.: Du hast Familie da unten?

Zwei: Ja.

M.K.: Deine Eltern sind Amerikaner?

Eins: Mein Vater.

M.K.: Und deine Mutter?

Eins: Araberin.

M.K.: Woher kommt sie?

Eins: Auch aus Palästina.

Zwei: Kannst du mal lauter machen?

M.K.: Trinkt ihr einfach so oder habt ihr einen Anlass?

Zwei: Erst mal essen wir schön. Danach fangen wir an zu trinken. Abends so um zwölf gehen wir in die Disco.

M.K.: Seid ihr strenggläubig erzogen worden oder eher locker?

Zwei: Nee, locker.

M.K.: Habt ihr Geschwister?

Zwei: Also, meine Mutter ist gerade schwanger. Fünfter Monat. Ein Mädchen.

M.K.: Und hast du Geschwister?

Eins: Elf.

M.K.: Das ist ja überschaubar. Sind die alle hier?

Eins: Alle hier.

M.K.: Was gibt es auf der Party gleich zu essen?

Zwei: Pizza. Pommes.

M.K.: Ich dachte, es gibt was Arabisches?

Zwei: Wir waren gerade einkaufen, für zweiundsiebzig Euro.

M.K.: Jobbst du? Oder machst du irgendwas nebenher?

Zwei: Ich krieg Geld von meinen Eltern.

M.K.: Taschengeld?

Zwei: Ja.

M.K.: Wie viel Taschengeld kriegst du?

Zwei: Genug.

M.K.: Und bei dir? Ist das o.k., was du an Geld bekommst für die Lehre?

Eins: Ist o.k., aber ich bekomme noch was von meinem Bruder.

M.K.: Was verdient man als Malerlehrling?

Eins: 325.

M.K.: Wollt ihr hier raus?

Zwei: Ja. Parken Sie hier noch?

M.K.: Kann ich mitkommen?

Zwei: Nee! Sie warten hier!

Klare Ansage. Die beiden steigen aus und laufen über die Straße in eines dieser wie Pilze aus dem Boden schießenden Internetcafés. Ich sitze in der Taxe, rede vor mich hin und warte. Einige Minuten später kehren die Jungs nach getaner Arbeit zurück, die Fahrt geht weiter.

M.K.: Habt ihr Freundinnen?
Zwei: Ja, ich hab eine.
M.K.: Kommt die auch heute Abend?
Zwei: Nein, ich treff mich erst morgen mit ihr.
M.K.: Und hast du eine Freundin?
Eins: Ja.
M.K.: Aber die kommt auch nicht heute Abend? Die macht was anderes?
Eins: Die macht gar nix, sitzt zu Hause.
M.K.: Und wartet auf dich?
Eins: Nee, die soll zu Hause bleiben.
M.K.: Wieso?
Zwei: Heut ist Freitag.
M.K.: Und da geht ihr immer alleine aus?
Zwei: Ja, müssen wir. Die Mädchen dürfen nicht mit.
M.K.: Wieso?
Zwei: Ja, das ist doch so. Bei uns ist das so.
M.K.: Ach, stimmt! Die müssen brav zu Hause bleiben.
Zwei: Ja, keine Discos. Kein Tanzen. Gibts nicht.
M.K.: Sind sie arabischer Abstammung?
Zwei: Nein, meine ist eine Russin.
M.K.: Und deine?
Eins: Italienerin.
M.K.: Und sie akzeptieren eure Regeln?
Zwei: Ja, müssen die.
M.K.: Was passiert, wenn sie das jetzt nicht täten?
Zwei: Wenn sie jetzt einfach zur Disco gegangen wäre?

M.K.: Genau.

Zwei: Ja, dann hätt ich gesagt: »Tschüss! Verpiss dich!« Solche Mädchen brauch ich nicht. Ich brauch nur Mädchen, die auf mich hören.

M.K.: Warum? Weil es sonst nicht funktioniert?

Zwei: Ja. Ich mag keine Mädchen, die in die Disco gehen und mit anderen Leuten tanzen. Das ist doch Blödsinn, oder? Sie hat einen Freund und tanzt mit anderen Leuten. Was soll denn das?

M.K.: Aber wenn du jetzt in der Disco bist, tanzt du nicht mit anderen Frauen?

Zwei: Nein, nein, nein! Ich tanze nicht mit anderen Frauen. Ich tanze mit meinen Freunden.

M.K.: Also gleiches Recht für alle?

Zwei: Ja.

M.K.: Jetzt könnte man ja sagen, deine Freundin könnte auch in die Disco gehen und mit anderen Freundinnen tanzen.

Zwei: Ja, so ist das was ganz anderes. Aber bei Mädchen gibts so was nicht, das weiß ich ganz genau.

M.K.: Glaubst du, Mädchen tanzen immer sofort mit anderen Männern und flirten?

Zwei: Ja. Beim Tanzen bestimmt! Irgendeiner fasst sie am Arsch an, und das ist Scheiße.

M.K.: Seid ihr heute nur Jungs, die ausgehen? Oder habt ihr Mädels dabei?

Zwei: Andere Mädels. Die gehören nicht zu uns. Manchmal, wenn ich besoffen bin, dann tanze ich auch mit anderen Mädchen …

M.K.: Und dann?

Zwei: Ich erzähls ihr am nächsten Tag, und sie wird sauer. Was soll ich machen?

M.K.: Aber da läuft nicht mehr als tanzen?

Zwei: Nee, nee! Nur tanzen, mehr nicht.

M.K.: Wollt ihr denn mal heiraten?

Zwei: Ich? Will heiraten, aber keine Kinder machen.

M.K.: Warum?

Zwei: Ich weiß nicht …

M.K.: Und du?

Eins: Ich will nicht heiraten.

M.K.: Und würdest du gerne mal Kinder haben?

Eins: Nö.

M.K.: Was ist los mit euch?

Zwei: O.k.. Vielleicht ein Kind, einen Sohn, aber kein Mädchen.

M.K.: Was willst du mal machen, wenn du mit der Schule fertig bist?

Zwei: Weiß ich nicht … Autohändler … irgendwas mit Autos.

M.K.: So, da wären wir.

Eins: Kriegen wir die Nummer?

Zwei: Also, ich meld mich. Tschüss.

Michel und das Einmaleins von Hartz IV
Kurzstrecke in Friedrichshain

Die Nacht setzt sich so seltsam fort, wie sie angefangen hat. Am Straßenrand winkt ein schmaler, unscheinbarer junger Mann. Er heißt so ähnlich wie ich, wird aber nicht wie der »Michel aus Lönneberga« ausgesprochen, sondern französisch, wie die Schlagersängerin »Michelle«. Solche Namen waren mal sehr modern in der ehemaligen DDR. Michel ist um die zwanzig und einfach gekleidet.

M.K.: Du kommst von zu Hause?

Michel: Ja, und ich will jetzt zu nem Kumpel fahren. Langeweile.

Läuft auch nicht wirklich gerade was im Fernsehen. Da hab ich mir gedacht, ich fahr zu meinem Kumpel; ein bisschen bei dem rumlungern.
M.K.: Und was machste mit dem jetzt?
Michel: Wahrscheinlich auch Fernsehen gucken.
M.K.: Playstation?
Michel: Nee, ist leider nicht vor Ort.
M.K.: Bist du aus Berlin?
Michel: Geboren und aufgewachsen hier in diesem Bezirk.
M.K.: Was machst du so?
Michel: Bin grad arbeitslos, und sonst eigentlich nix. Sonst wäre ich jetzt auch ein bisschen ausgelasteter und würde zu Hause schlafen.
M.K.: In welchem Beruf suchst du einen Job?
Michel: Mir ist das egal. Ich mache alles. Ich will mich da nicht festlegen. Ich kann mich da nicht festlegen.
M.K.: Hast du denn mal was gelernt?
Michel: Nicht wirklich.
M.K.: Und hast du mal was probiert?
Michel: Ich hab mal Fliesenleger gemacht. Sechs Monate, aber das war nichts.
M.K.: War langweilig?
Michel: Hat auch wegen anderen Sachen nicht funktioniert ... Egal.
M.K.: Jetzt würdest du jeden Job machen und kriegst keinen? Ist das denn so, dass du da jetzt immer zum Arbeitsamt pilgerst und fragst: »Gibts was?«
Michel: Ja, wenn die mir ne Aufforderung schicken, gehe ich immer hin. Ich geh auch manchmal so hin. Ich bin jetzt nicht so der Typ, der immer zum Arbeitsamt rennt. Die können mir eh nicht helfen. Das ist meine Einstellung.
M.K.: Kommt da nichts?

Michel: Die sind absolut unfähig.

M.K.: Heißt das, du bist einer unserer berühmten Hartz-IV-Empfänger?

Michel: Ich bin Hartz-IV-Empfänger.

M.K.: Kommst du damit klar?

Michel: Das ist recht viel, ganz ehrlich. Ich komm damit gut zurecht. Man kann ja auch arbeiten gehen. Aber wenn man dann nur 4,50 Euro die Stunde verdient und man nicht wirklich einen Unterschied sieht zwischen Sozialhilfeempfänger und jemandem, der arbeiten geht, dann habe ich keine Lust.

M.K.: Die zahlen 4,50 Euro die Stunde?

Michel: Das ist jetzt einfach so ne Rechnung. Dass man quasi so achthundert Euro im Monat raus hat, und das ist in etwa auch das, was ein Hartz-IV-Empfänger bekommt. Mit allen Leistungen, die ihm zustehen. Es sind ja nicht nur die 345 Euro, sondern auch Wohnung und Zuschuss, und da kommt dann mal schnell sechs-, siebenhundert Euro zusammen. Einfach mal so, vom Staat.

M.K.: Du bist ja direkt an der Mauer groß geworden?

Michel: Richtig. Ich krieg noch immer ne Gänsehaut, wenn ich das im Fernsehen sehe. Ich bin noch rübergegangen nachts um zwei Uhr. Einen Tag später gings ja dann nicht mehr richtig. Da war ne Riesenschlange. Ich weiß es noch, als wenns gestern gewesen wär. Aber es sind doch schon siebzehn Jahre.

M.K.: Wie alt warst du da?

Michel: Neun. Aus welcher Stadt kommen Sie?

M.K.: Geboren bin ich in Wiesbaden.

Michel: Ein Westdeutscher also. Und Sie haben studiert, richtig?

M.K.: Schauspielschule gemacht. Ist Wessi/Ossi noch ein Thema für dich?

Michel: Ich sage mal: für mich gar nicht so. Aber ich denke, in ganz vielen anderen Köpfen, da geistert dieses Thema noch sehr häufig rum. Man sieht auch noch Unterschiede zwischen Ost und West.

M.K.: Ist denn dein Freundeskreis mehr Ossi oder Wessi? Oder gemischt?

Michel: Ich kenn gar keinen aus dem Westen. Ich kenne nur Ossis. Ich habe sogar die Westverwandtschaft bis heute noch nicht kennengelernt. Ich habe einen Cousin, mein Alter, ich hab keine Ahnung, wie der aussieht.

M.K.: Und warum, glaubst du, ist das so?

Michel: Das Interesse, die Leute kennenzulernen, ist auf jeden Fall schon da. Aber ich weiß nicht, wie ich das in die Wege leiten soll.

M.K.: Meinst du, das passt irgendwie nicht?

Michel: Warum sollte das nicht passen? Dass es denen nicht passt, oder wie meinst du das? – Ich finde, der Wessi, speziell der Westberliner, ist arrogant. Oder vielleicht sogar generell der Wessi. Die haben halt alles gekriegt von den Amis, den Briten und den Franzosen. Der Ossi nicht. Der musste alles tun für seinen Scheiß. Der Russe hat da nix liegen lassen. Der hat höchstens was mitgenommen. Beim Ossi ist die soziale Ader noch ausgeprägter als beim Wessi.

M.K.: Aber du meinst nicht, das ist Neid von den Ossis auf die Wessis?

Michel: Ich denke, das ist so ein 50/50 Ding. Das könnte schon sein, dass das so ist. Das ist sicher auch Neid. Weil sie keine Freiheit hatten. Aber ansonsten war das Leben in der DDR gar nicht Scheiße. Ich habe auch neun Jahre in der DDR gelebt. Also von daher kann ich mir auch ein Bild davon machen, wie das war.

M.K.: Warst du da auch eingebunden?

Michel: Schule, Pionierzeit, hab ich alles mitgemacht, auf jeden Fall. Aber ich bin noch so jung gewesen, dass ich in den Westen reingerutscht bin, so dass ich nicht mehr eingestellt bin wie so manch einer,

der jetzt fünf Jahre älter ist als icke. Also der ist vom Kopf her ganz anders. Da merkt man das Ostsein auf jeden Fall noch.
M.K.: Aber du findest schon, dass die Wiedervereinigung der richtige Schritt war?
Michel: Ich find schon gut, dass es passiert ist. Das ist ja ein Volk. Find ich gut, auf jeden Fall.

Na, da bin ich froh. Wir hoffen für Michel, dass er irgendwann nicht nur Ansprüche gegenüber Vater Staat geltend macht und sich »einfach mal so« bezahlen lässt, sondern auch Ansprüche an sich selbst stellt. Mir war die Hartz-IV-Rechnung, die Michel aufmacht, bisher nicht bekannt, und ich finde sie traurig und trostlos.
Es ist erst einundzwanzig Uhr, doch meine nächsten Gäste sind schon besoffen. Ein Maler, Ende vierzig, und sein Stricher, Ende zwanzig, sind nur noch am Lallen und wollen mich zu einem Dreier im Atelier überreden. Als der Maler uns in einer verlassenen Kaserne seine scheußlichen Bilder zeigt, kippt die Situation. Der Stricher verlangt plötzlich eine »Gage« von uns und wird richtig unangenehm. Wir brechen den Dreh ab und verschwinden so rasch wie möglich.
Doch der Wahnsinn nimmt kein Ende. Kurz darauf meldet sich »Eins« noch mal. Er steigt mit einem gleichaltrigen Mädchen in die Taxe und macht ihr den arabischen Hengst. Als ich frage, wo ich die beiden hinfahren soll, sagt er: »Zigaretten holen!«

Ein Freier sieht Rot
Irgendwo in Schöneberg

Auf meinen Touren begegne ich immer wieder Damen des horizontalen Gewerbes, die mit ihren Kunden nach einem Taxi winken. Freier wollen aber nicht so gern ins Fernsehen. Vor allem nicht in dieser verrückten Nacht. Der Spießer aus dem Bilderbuch steht mit Windjacke und Brille neben einer riesigen Nutte in Lack und Leder. Wahrscheinlich lässt er sich gleich auspeitschen, während Frau und Kinder zu Hause auf ihn warten. Als er in das Objektiv der Kamera schaut, herrscht sofort Alarmstufe: Rot!

M.K.: Guten Abend ...
Freier: Watt ist datt denn jetzt?!
M.K.: Wir machen eine kleine Sendung für den rbb.

Der Freier steigt panisch aus und schlägt die Tür zu. Ich möchte gerade weiterfahren, da reißt er die Tür wieder auf und brüllt ins Taxi. Ich versuche, ihn zu beruhigen und die Situation zu entschärfen.

Freier: Du bist doch nicht auf Sendung, oder?
M.K.: Nee, nee, keine Angst!
Freier: Du bist ja wohl wahnsinnig! Schalt die Scheiße hier ab!
M.K.: Das ist nicht an. Nee, wirklich.
Freier: Du ruinierst mich!
M.K.: Du brauchst keine Angst haben. Das ist nicht an.

Überraschenderweise steigt der Freier jetzt wieder in die Taxe ein und starrt in die Kameras. Von draußen meldet sich die Lack-Lady mit starkem ausländischem Akzent. Dann steigt der Freier wieder aus und schlägt die Tür zu.

Nutte: Du arbeitest nicht?
M.K.: Es ist nicht an.
Freier: Was soll das?

M.K.: Sollen wir euch ein anderes Taxi bestellen?
Freier: Ja, anderes Taxi.
M.K.: Ja, o.k..

Der Freier ist unberechenbar. Also gebe ich Gas. In diesem Moment reißt er die Tür erneut auf. Ich muss bremsen, gurte mich los, schließe die hintere Tür und gebe wieder Vollgas.

Ella, Alex, Katharina und die Männerlastigkeit
Von Kreuzberg über Mitte zum Prenzlauer Berg

Zum Glück hält diese Nacht noch eine nette, vergnügte, kommunikative und offene Begegnung für mich bereit. Vom Bordstein winken drei Damen. Alle tragen Hosen und haben einen Kurzhaarschnitt. Das Gespräch wird mit wunderbarer Berliner Schnauze geführt.

Ella: O.k., willste wissen, wo wir herkommen?
M.K.: Ja.
Ella: Wir waren erst in Kreuzberg. Voll geile, na ja, fast geile Balkanparty. Wäre lesbisch, haben wir gedacht. War jetzt nicht ganz so lesbisch, war mehr, buaahh, männerlastig und sonst rappeldicke voll, so dass man nicht tanzen konnte. Sonst von der Mucke geil. Dann haben wir irgendwann die Location gewechselt und sind zur *Busche* gefahren, zu *Haus-B*. Waren wir das erste Mal. Ist nicht unsere Altersklasse gewesen.
M.K.: Jünger oder älter?
Ella: Na, super jünger. Wir hätten die Mütter sein können von allen anderen da. Dumm gelaufen. Mucke auch richtig krass ...
M.K.: Musstet ihr auch nen Abmarsch machen?

Ella: Na ja, es gab ne achtziger Area. Da hätten wir ja rinjepasst. Aber dann fingen sie an mit Schlager. Da haben wir die Krise gekriegt. Nach der ersten Schlägerei wollt ich dann auch nicht mehr.

M.K.: Wie? Moment. Wer hat sich denn da gekloppt?

Alex: Na, so ein Mädel, das Liebeskummer hatte, und dann ...

M.K.: ... auf ein anderes Mädel eingeschlagen hat?

Alex: Es kam auch gleich die Security und trennte sie. Und dann musste sie aufs Klo, ständig die Hand kühlen – »Det is geschwollen!« – Wat ein Drama! Da dachte ich, nee, ich geh nach Hause.

M.K.: Und jetzt ist Ende der Nacht?

Ella: Wir müssen in die Koje.

M.K.: Die alten Damen müssen schlafen?

Ella: Genau. Und wir haben auch nicht gefunden, was unser Klientel gewesen wäre. Die andern beiden sind nicht gerade auf der Suche.

M.K.: Warum? Seid ihr ein Paar?

Alex: Nee.

Katharina: Wir doch nicht.

M.K.: Warum eigentlich nicht?

Alex: Hat sich nie so ergeben.

M.K.: Seid ihr aus Berlin?

Alex: Nee, zujereist.

Katharina: Ich bin hier geboren, aber nicht aufgewachsen, und steig jetzt hier aus.

M.K.: Det war ein »Quickie«.

Ella: Deine Family wird sich freuen, wenn sie dich im Fernsehen sieht.

Katharina: Ich grüß alle!

M.K.: Was macht ihr, wenn ihr nicht auf Partys seid?

Ella: Ich arbeite in der Geronto-Psychiatrie. Im Altenheim, in der Geschlossenen.

M.K.: Und was machst du?

Alex: Bautischler.

M.K.: Wat bauste? Tische?

Alex: Nee, Altbausanierung.

Ella: Restaurator ist sie auch noch. Und Schäferin ist sie auch noch.

Alex: Ja, das war mein erstes Leben zu Ostzeiten. Ich hab Schäfer gelernt, nach der Schule, und Landwirtschaft studiert.

M.K.: Und hast wirklich ne Herde gehütet?

Alex: Det war im Osten ganz normal. Ganz normaler Beruf.

Ella: Ich komm auch aus der Landwirtschaft, aber ich hab nichts mit Schafen gehabt, sondern mit Kühen rumgemacht. Wir kommen alle irgendwie aus der Landwirtschaft und haben uns alle irgendwann mal in Berlin getroffen.

M.K.: Und wie lange kennt ihr zwei hübschen Mädels euch schon?

Ella: Bestimmt fünfzehn Jahre ... Da haben wir uns kennengelernt, weil ich wahnsinnig Schiss vor ihr hatte. Weil mir eine Freundin von ihr gesagt hat, dass sie wahnsinnig cool ist. Und wenn ich das und jenes noch tun würde oder nicht tun würde, dann würde sie jetzt kommen und würde mir ganz dermaßen eine auf den Mund hauen.

Alex: So 'n Quatsch!

Ella: Deswegen hatte ich wahnsinnigen Respekt. Ich war mit deiner Ex zusammen.

Alex: Suse, die ich mir mit Hermann geteilt hab.

M.K.: Die hast du mit »Hermann« geteilt?

Ella: Da war ich einundzwanzig oder zweiundzwanzig.

M.K.: Und seit wann seid ihr geoutet?

Ella: Eigentlich schon ein Leben lang. Außer in der Family ...

M.K.: Wann passierte das? Wie alt wart ihr da?

Ella: Achtzehn, neunzehn ... Ich hab gar nix erzählt. Die haben das einfach mitgekriegt. Wechselnde Mädels kennengelernt. Und irgendeine gewisse Geräuschkulisse während eines Familienessens. Da war denn alles klar. Ich wollte noch mal drüber reden, aber dazu kam es nicht. Die Eltern haben das dann … Das fanden die zu Hammer, das dann so live zu hören, da haben die sich ausgeklinkt.

M.K.: Aber es gab keinen richtigen Stress in euren Familien?

Ella: Bei mir schon. Es gab jetzt nicht so einen Stress … so was, wie enterbt zu werden. Das war eher unterschwellig. Aber auch positive Geschichten – Mama hat zum Beispiel ein Ultimatum gestellt: »Wenn du dich nicht in ner halben Stunde eingekriegt hast mit deiner Freundin, hier beziehungsmäßig, dann bist du nicht mehr meine Tochter.« Ich war damals gezwungen, ihr hinterherzulaufen, obwohl ich das nicht vorhatte. Mich zu versöhnen.

Alex: Mutter wollte Harmonie zu Hause.

Ella: Mutti hatte die Aufgabe, uns zum Bahnhof zu fahren, und wir haben uns dermaßen gestritten, dass da nix mehr ging und Mutti sagte: »Du brauchst jetzt hier gar nicht mehr abtrocknen. Schmeiß das Geschirrtuch hin und läufst hinterher und klärst das, und du kommst erst dann zurück, wenn die Sache geklärt ist.« Dann sag ich: »Ich weiß doch gar nicht, wo die hingerannt ist in unserm Kack-Dorf! Woher soll ich denn wissen, wo die hin ist?«, und Mutti sagte: »Wenn du das nicht in einer halben Stunde gebacken kriegst, fahre ich euch nicht zum Bahnhof!« Und ich wusste, wenn sie irgendwo hingegangen ist, dann ist sie zu unserem romantischen Platz gegangen, zu der Pferdewiese … Und da stand sie, wie so ein Trottel am Pferdezaun. Voll deprimiert, und die Pferde waren auch schon da. Da sagte sie: »Das ist doch jetzt nicht auf deinem Mist gewachsen!« Sage ich: »Nee, Mutti hat mich geschickt, und ich soll das auf die Reihe kriegen.« – »Wusste ich doch gleich, dass du dir das nicht ausgedacht hast!« – Na ja, es gab einen riesigen Stress und eine riesige Versöhnung. Mama fuhr uns zum Bahnhof, und wir auf der Rückbank knutschten wie die Blöden und fummelten, und Mama vorne kriegte im Rückspiegel alles mit und sagte kein Wort. Sie war froh, dass dieser Stress vorbei war.

M.K.: Kommen bei euch die Väter und Mütter damit klar, dass ihr lesbisch seid?

Ella: Der Vater spielt bei mir mittlerweile keine Rolle mehr, weil er nichts mehr zu sagen hat. Früher war er so die Hauptperson, in meiner Kinderzeit war er der große Heroe. Und mittlerweile läuft alles über Mama …

Alex: Bei mir ist es ähnlich.

Ella: Papa hat da mittlerweile echt nix mehr zu melden.

M.K.: Und warum?

Ella: Weil die alt sind.

M.K.: Das ist ja reizend.

Alex: Mama hält die Familie zusammen. Mama kocht und tut und Vater kommt zum Essen runter, und das wars. Und dann zieht er sich wieder zurück.

Ella: Da gabs noch eine Sache mit meinem Vater. Er lag im Krankenhaus und ich hatte Urlaubsfotos dabei. Darauf sitze ich mit meiner Freundin ganz cool mit kurzer Hose auf einem Stein, schweißgebadet, und mein Vater sieht das Bild, kriegt Tränen in die Augen und sagt: »Genauso sah ich aus mit siebzehn!« – Ich war mittlerweile über dreißig.

M.K.: Du bist in nem klassischen Männerberuf. Gibts da mit den Männern manchmal Probleme? Oder dumme Sprüche?

Alex: Nö.

Ella: Klar!

Alex: Nee! Es gab keine Sprüche. Nur manchmal Verwechslungen, dass die dachten, ich bin ein Junge. Und da haben die anderen schon mal gegackert, und der Maler lief rot an.

M.K.: Alex, wir sind da. Du steigst hier aus …

Alex: Ja. Danke. Tschüss.

Ella: Tschö, Alex.

M.K.: Warum ist eure Freundin Katharina noch nicht geoutet?

Ella: Doch, in der engsten Family schon, aber nicht im Verwandtenkreis. Ihre Eltern haben sich ein bisschen schwergetan. Sie hat aber auch ein richtiges Outing durchgezogen. Das heißt, sie ist zu ihren Eltern hingegangen und hat gesagt, so weißte, obwohl sie gerade keine feste Freundin hat. Das ist einfacher, wenn man mit ner festen Freundin kommt und sagt: »Dat isse!« Und da haben sich die Eltern gedacht, das gibt sich wieder. Der Boris, ihr Freund, ist doch auch ganz nett. War bei mir auch so. Obwohl sie wussten, dass ich schon seit Jahren Frauenbeziehungen hatte, hab ich irgendwann mal einen Schulfreund bei mir zu Hause zum Übernachten. Und auf einmal kriegten meine Eltern leuchtende Augen, und der wurde sofort eingeladen zum Mittagessen und wat nicht alles. Und der hat sofort »ja« gesagt, und ich habe gesagt: »Spinnst du, Alter?!« Und meine Eltern haben beim Essen so getan, als ob wir uns gleich verloben ... Und dann musste ich mal richtig was klarstellen. Es ist immer so wie: Es könnt ja noch mal anders werden. Nu isses nicht mehr ganz so schlimm, meine Schwester hat zwei kleine Kinder. Da können sich meine Eltern austoben in ihrem Großelterndasein.

M.K.: Hättest du denn gerne mal Kinder?

Ella: Ja, klar! Ich bin ja auch schon richtig gut am Arbeiten dran. Nur leider, wenn dann die Beziehungen nicht länger als zwei oder drei Jahre dauern ... Das Längste war fünf Jahre, dann ist es schwierig. Aber es ist auch schwierig, Mädels zu treffen, die einen ausgeprägten Kinderwunsch haben.

M.K.: Aber du würdest das Kind selber austragen wollen?

Ella: Nein! Um Gottes willen! Ich hab mir so ein Limit gesetzt: So bis dreißig. Entweder bin ich selber schwanger, aber mit Typen war da

die ganzen Jahre garnix. Na ja, und dann war ich mit einem Mädel zusammen, und wir hatten einen Papa an der Hand, der aber nur Spender sein wollte und nix weiter. Und das war ein richtig toller Typ. So lange, bis er selber irgendwann ne Beziehung hatte.
M.K.: Wäre das dann eine künstliche Befruchtung gewesen?
Ella: Ja, klar. Mit anderen Methoden kann ich mich nur schlecht anfreunden. Es ist ja nicht so, dass ich nie Beziehungen mit Typen hatte. Und ich war auch schwanger, aber ich war viel zu jung und zu doof. Also viel zu unreif.

In diesem Moment landen wir vor Ellas Wohnung und verabschieden uns. Nachdenklich fahre ich Richtung Koje. Ich brauche dringend Schlaf und Ruhe, nicht wegen Ella, Alex und Katharina und den mittelalterlichen Strukturen in unserem Land, sondern wegen der »besoffenen Verrückten« dieser Nacht …

DIE NEUNTE NACHT

Es ist meine vorerst letzte Nacht. Eine regnerische Nacht. Wir befinden uns im tiefsten Herbst, und in Berlin kann es schon empfindlich kalt und windig sein. Ich habe auf jeden Fall mal die langen »Untermänner« angezogen, und die Sitzheizung läuft auf Hochtouren.

Die Omi im falschen Film
Von der *Deutschen Oper* ins Hotel

Ich folge dem Wieduwilt und meinem Team im Leithirsch zur *Deutschen Oper*. Dort findet heute die AIDS-Gala statt, und ich reihe mich in eine lange beige Taxi-Schlange ein. Wenn irgendwo ein großes Event zu Ende geht, dann kommen die Taxen aus allen möglichen Ecken. Sie versammeln sich innerhalb weniger Minuten wie die Motten um das Licht. Fahrgäste ziehen sie magisch an. Aber sie reihen sich immer sehr diszipliniert wie eine Perlenkette auf und warten. Wer zuerst kommt, mahlt zuerst! Vor mir brennen die »Taxi-Fackeln«. Viele Gäste befinden sich schon auf dem Nachhauseweg, und so lande ich relativ schnell vorne am roten Teppich. Ein Herr im Smoking öffnet die Tür. An seinem Arm hat sich eine entzückende Omi im schicken Abendkleid eingehakt. Als sie einsteigt, freut sie sich sofort über die Kameras und plaudert auf Kölsch drauflos.

Omi: Ach, dat kenn ich doch! Hören Sie mal, Sie müssen mir ein Rätsel aufgeben, das löse ich Ihnen perfekt!

Mann: Meine Mutter kommt aus Köln. Ich arbeite seit acht Jahren in Berlin und bin der Pressesprecher von Hertha BSC. Meine Mutter war dieses Wochenende hier in Berlin und hat sich das Fußballspiel heute angeguckt und war bei der AIDS-Gala. Sie muss eigentlich nur ins Hotel.

M.K.: Da fahren wir sie hin.

Omi: Ich denk, wir machen Rätsel?

M.K.: Nein, wir machen keine Rätsel. Wir unterhalten uns nur ein bisschen.

Omi: Ach so, schade! Ich will doch gewinnen!

Mann: Ja, aber Mutti, du siehst ja: Ein paar Mikrofone und ein paar Kameras …

M.K.: Und die Fahrt ist umsonst!

Omi: Wahnsinn!

M.K.: Und Sie wollen nicht mit uns fahren?

Mann: Nein, ich bleib noch ein bisschen da …

Omi: Schade eigentlich! Nee, die Sendung kenn ich! Die guck ich immer.

Mann: Mutter, bis morgen. Tschüss. Das Hotel ist um die Ecke. Es tut mir leid, aber macht ihr noch ne schöne Stadtrundfahrt.

Omi: Oh ja!

M.K.: Hier ist ja was los!

Omi: Ja! Sagen Sie mal, wie heißt denn Ihr Kollege, der da fährt?

M.K.: Nee, hier fahre nur ich. Es gibt da zwei verschiedene Sendungen.

Omi: Ach so!

M.K.: Das ist die *Berliner Nacht-Taxe*.

Omi: Aber ich habe Sie auch schon mal gesehen.

M.K.: Das kann gut sein.

Omi: Im Fernsehen. Nä?

M.K.: Genau.

Omi: Natürlich!

M.K.: Und Sie sind jetzt extra für die Gala aus Köln gekommen?

Omi: Nein, ich hab den Sohn besucht. Der arbeitet ja seit acht Jahren bei Hertha, und da bot sich das so an.

M.K.: Und sind Sie auch großer Fußballfan?

Omi: Nee, überhaupt nicht! Darf ich aber nit laut sagen. Ich weiß jedenfalls, was ein Tor ist.

M.K.: Wie hat Ihnen denn die Gala heute gefallen?

Omi: Wir waren nicht in der Aufführung, muss aber sehr schön gewesen sein.

M.K.: Und was haben Sie vorher gemacht?

Omi: Ich war beim Fußballspiel!

M.K.: Na klar. Wie ist es gelaufen?

Omi: Ach, schlecht! Unentschieden. Nachdem sie geführt haben. Alle ärgern sich jetzt schwarz. Aber erzählen Sie mal, weil mich das jetzt interessiert. Läuft das hier genauso ab?

M.K.: Ich fahre hier nachts durch Berlin.

Omi: Aber jetzt nur Berlin? Die anderen machen ja Dresden, Leipzig …

M.K.: Wir fahren nur durch Berlin.

Omi: Aber im Prinzip genau das Gleiche?

M.K.: Nein, das ist was anderes. Wir unterhalten uns nur mit den Menschen und fahren sie umsonst, wohin sie wollen. Und das kommt auf dem rbb.

Omi: Ja, ich guck jeden Tag den rbb! Jeden Tag guck ich rbb!

M.K.: Von morgens bis abends?

Omi: Nein! Nur ab sieben Uhr.

M.K.: Aber Sie leben in Köln?

Omi: Ja und?

M.K.: Und da kriegen Sie rbb?

Omi: Aber selbstverständlich! Da bin ich auch ganz stolz. Weil ich auch manchmal mehr weiß als mein Sohn, der hier wohnt.

M.K.: Wie das denn?

Omi: Ja. »Weißt du, wo die Hackeschen Höfe sind?« – »Nee, wo sind die denn?« – »Na, das kann ich dir sagen!« Und so einiges.

M.K.: Das haben Sie auf dem rbb gesehen?

Omi: Ja klar! Alles sehe ich auf dem rbb.

M.K.: Ist Ihr Sohn Ihr einziges Kind?

Omi: Nee, ich habe noch zwei Töchter.

M.K.: Machen die auch was mit Fußball?

Omi: Nein! Die eine ist Studienrätin und die andere hat einen kleinen Gewerbebetrieb.

M.K.: Und die leben in Köln?

Omi: Im Umfeld. Aber wir wohnen alle zusammen.

M.K.: Und der Sohn ist ausgewandert! Sehen Sie sich denn öfter?

Omi: Der kommt oft nach Köln. Jetzt haben sie nächste Woche ein Fußballspiel in Dortmund, da kommt er vorbei.

M.K.: Und dann kocht die Mama?

Omi: Nein, die Mama kocht nicht! Also nur, wenn seine Frau nicht mitkommt. Wenn sie mit ist, da haben sie bei mir im Haus eine kleine Wohnung.

M.K.: Wie gefällt Ihnen denn Berlin?

Omi: Mir gefällt Berlin sehr gut. Wenn ich auch so direkt in der Stadt nicht wohnen möchte. Dagegen ist Köln ein Dorf.

M.K.: Waren denn viele Prominente auf der Gala? Wen haben Sie gesehen?

Omi: Ja, der Herr Regierende Bürgermeister hat mich geküsst!

M.K.: Wie? Wohin? Auf die Backe?

Omi: Selbstverständlich. Rechts und links. Wie sich das gehört.

M.K.: Der Mann hat Manieren.

Omi: Und ob der Manieren hat. Sagt keiner mal was anderes. Die Ulla Schmidt war da und der Beckmann und einige Schauspieler und der Raabe, dieser Sänger, und so wat.

M.K.: Auch das Tanzbein geschwungen?

Omi: Ich selber nicht. Aber es wurde geschwungen. Und der Sohn kennt ja viele Leute.

M.K.: Und jetzt gehts in die Heia?

Omi: Da können Sie sich drauf verlassen. Ja, das ist ja ne tolle Sache!

M.K.: Das ist eben Berlin, da passieren so Sachen. So, da wären wir auch schon.

Omi: Dann sagen Sie mal …

M.K.: Sie müssen gar nicht das Handtäschchen zücken, denn die Fahrt war umsonst.

Omi: Ja, dat gibt et doch gar nit! Ich zück aber trotzdem das Handtäschchen!

M.K.: Nein, das machen Sie nicht.

Omi: Warum denn nicht? Ich sag es auch keinem.

M.K.: Nein, das müssen Sie nicht.

Omi: Na, und ob ich das muss!

M.K.: Das ist wirklich so.

Omi: Aber ich darf es doch?

M.K.: Nein! Ich verbiete es Ihnen.

Omi: Was die Leute Ihnen erzählen, wird das denn irgendwo auch verwandt, in irgendwelchen Sendungen?

M.K.: Das ist die Sendung, sozusagen.

Omi: Ja, wird das auch ausgestrahlt?

Ich geleite unsere »Quiz-Omi« noch ins Hotel und setze mich dann wieder hinters Steuer. Ich fahre an diesem Abend noch mehrere Fahrgäste. Ein ganz besonderes Gespräch entwickelt sich aber erst am Ende dieser letzten Nacht.

Angelika und der Sinn des Lebens
Von Mitte über Prenzlauer Berg nach Lichtenberg

Ein Architekt und eine Sekretärin, beide Ende dreißig, stehen mit viel Gepäck an der Straße und winken. Sie kommen gerade von einem »Get-together-Wochenende« ihrer Firma und möchten jetzt nach Hause. Sofort konzentriere ich mich im Gespräch auf den Architekten, weil ich vermute, dass dieser mehr zu erzählen hat als die Sekretärin. Als der Architekt aussteigt, merke ich, wie blöd das von mir war. Eines der schönsten Gespräche aller Nächte beginnt: Mit der Sekretärin!

M.K.: Das Wochenende war spannend?
Angelika: Wir hatten ein Thema: »Prunk und Pöbel« hieß das. Wir waren einen Tag in einem Vier-Sterne-Hotel und einen Tag in einer Berghütte untergebracht. Wir haben also einen Tag Schwimmbad genossen und waren am anderen Tag unter anderem in einem Bergwerk drin. Mit kriechen und allem.
M.K.: Du hast vorhin gesagt, das ist ein »Glückstag« heute. Warum?
Angelika: Ich mache Glückstage an Dingen fest, die schön sind. Ich kann mich an ganz kleinen Dingen freuen, also an einem Frühstück zum Beispiel oder einer guten Rückfahrt. Und jetzt das! Also an Sachen, die freuen. Die innen freuen, ohne dass man die jetzt überbewerten muss.

M.K.: War das schon immer so, oder hast du das gelernt?

Angelika: Das habe ich gelernt.

M.K.: War das früher anders?

Angelika: Ja, also, ich habe ziemlich viele sehr harte Phasen hinter mich gebracht. Viele haben das. Und ich habe dann irgendwann angefangen zu sagen: Ich akzeptiere, und mit der Akzeptanz, habe ich gemerkt, kommt die Freude. Und dann ist es okay.

M.K.: Harte Phasen im Leben gehabt?

Angelika: Ja.

M.K.: Ja, okay.

Angelika: Ich lass es mal so stehen. Weil das ist …

M.K.: … ein anderes Thema. Lebst du denn gerne in Berlin?

Angelika: Ja, es ist so vielfältig, man hat Platz. Man bietet ne Menge Zeug an, und ich nutze das, soweit ich kann, gerne mal aus. Mein Hobby ist Bildung, und vor zwei Jahren hab ich angefangen, noch nebenberuflich BWL zu studieren, also sozusagen die fünfte Ausbildung, und da find ich Berlin wirklich toll. Weil man hat da Möglichkeiten, ohne weit fahren zu müssen.

M.K.: Du studierst nebenher noch BWL?

Angelika: Ja, im sechsten Semester, und nächstes Semester bin ich fertig.

M.K.: Und was hast du ursprünglich mal gelernt?

Angelika: Wirtschaftskorrespondentin, Englisch, Französisch, Industriekaufmann, ich bin Tauchlehrerin und hatte ne Zeit ne Tauchschule und ich habe ne Heilpraktiker-Praxis, Heilpraktiker-Ausbildung mit TCM und hab dann zwischendurch selbstständig gearbeitet mit eigener Praxis und selbstständig in der Erwachsenenbildung, über sechs Jahre. Habe Arbeitslose und Sozialhilfeempfänger geschult bei öffentlichen Bildungseinrichtungen und hab dann beschlossen: Jetzt muss was Neues her! Ich will wieder selber im Team aktiv sein und hab dann durch einen Glückszufall über eine Empfehlung diese Firma kennengelernt, und die haben mich jetzt eingeladen, bei ihnen zu sein.

M.K.: Jetzt bin ich aber platt! Was du schon alles gemacht hast!

Angelika: Bunte Mischung.

M.K.: Wo hast du die Tauchschule gehabt?

Angelika: In Berlin-Tegel mit meinem damaligen, geschiedenen Mann.

M.K.: Bist du denn richtig Tiefseetaucherin?

Angelika: Tiefsee? Nö, Sporttaucherin. Offiziell heißt das nicht tiefer als vierzig Meter.

M.K.: Schon überall auf der Welt getaucht?

Angelika: An vielen Orten, ja. Witzigerweise noch nie am Roten Meer. Alle fahren immer da hin. Aber Mittelmeer, Atlantik, Dominikanische Republik, Bahamas ...

M.K.: Was bedeutet das denn für dich, im wahrsten Sinne des Wortes, »abzutauchen«?

Angelika: Es ist wie Meditation, wie Umschalten. Alle Sinne sind auf Aufnahme gestellt. Wichtig ist es, Ruhe zu bewahren. Der Atem, die Fische zu sehen, sich dem anzupassen und hinzugeben, was da in der Umgebung passiert. Einfach rezeptiv zu sein.

M.K.: Es entspannt dich dann auch total?

Angelika: Total. Ich kann minutenlang staunen über Dinge, also die unter Wasser sind. Wie hoch elegant und hoch wundervoll die sind.

M.K.: Gabs da mal Momente der Angst oder Beklemmung?

Angelika: Es gibt schon Situationen, vor allem als Lehrer, wo man auf Leute aufpassen muss, die noch nicht so geübt sind. Dass man gucken muss, wie die beieinander sind, vor allem, wenns kalt und dunkel ist oder wenn was Technisches nicht so funktioniert.

M.K.: Verfolgst du diese Dinge denn alle weiter? Tauchst du noch?

Angelika: Nein. Ich hab mich damals von meinem Mann getrennt und ich hatte die Kinder, drei und vier.

M.K.: Wie alt sind die heute?

Angelika: Die werden neunzehn und zwanzig. Und dann war für mich die Entscheidung, wenn man sich das nicht teilen kann. Hab ich mich entschieden, was anderes zu machen und in die Altenpflege zu gehen. Und das war dann so der Schritt in Richtung Heilpraktiker. Und Altenpflege kann man nicht lange machen, und dann kam ich über ne Empfehlung in die Charité und habe dort ein Sekretariat geführt, und das hat mich der Medizin näher gebracht. Und als ich da aufhörte, bin ich in ne Ganztagsschule gegangen und hab die Heilpraktiker-Ausbildung gemacht. Damals war ich Ende zwanzig, und da habe ich überlegt, Medizin zu studieren, empfand ich als zu lang. Als ich vor drei Jahren dachte, BWL nachzuschieben, wars einfach ne gute Idee. So ändert sich das.

M.K.: Bist du ein sehr spontaner Mensch?

Angelika: Absolut. Ich bin morgens mit dem Gedanken aufgewacht, bin in die U-Bahn gestiegen, hab das Schild von der privaten Uni gelesen, hab da angerufen und mich angemeldet. Also, wenn das so ist, dann mach ich das, dann geh ich das auch bis zu Ende. Das kann dann hart sein, aber ich gehe das bis zu Ende.

M.K.: Die Heilpraktik ist ja sehr umstritten bei einigen Menschen, wie sind da deine Erfahrungen?

Angelika: Ich will den psychologischen Effekt nicht trennen. Jeder von uns kennt den Begriff »Placebo«. Es spielt ne Rolle. In meiner Überzeugung, und da mag ich gerne streiten, ist jede Krankheit auf eine Innenbalance von Psyche zurückzuführen. Das fängt bei der Erkältung an und endet bei ganz schweren Krankheiten. Und wenn ein Arzt keine Zeit hat, sich um den Menschen an sich zu kümmern, dann kann ein Heilpraktiker das auffangen und den Menschen begleiten, so lange, bis er wieder alleine gehen kann.

M.K.: Aber warum bist du weg von der Heilpraktik?

Angelika: Das war mir zu langweilig. Das ist hart, muss ich sagen. Ich habe es drei Jahre gemacht, das war bei mir zu Hause. Die Patienten kamen, wir haben tolle Sessions gehabt, und die gingen wieder, und dann habe ich gesehen, ich brauche mehr Reibung. Ich begleite unglaublich gerne Menschen, auch in der Erwachsenenbildung, aber das sind dann dreißig, die da sitzen, und nicht einer.

Wir sprechen ein wenig über Angelikas Kinder, die gerade dabei sind, das Nest zu verlassen. Die Tochter geht als Au-pair-Mädchen in die USA und der Sohn will zur Marine. Das überrascht mich, ich frage nach.

M.K.: Aber wie fühlst du dich, wenn der bei der Marine bleibt und auf hoher See ist und irgendwann vielleicht auch mal zu Auslandseinsätzen muss?

Angelika: Das ist ne wilde Mischung. Also jeder weiß, wenn das Kind auszieht, ist das schon eine Herausforderung. Und wenn der jetzt wirklich zu einem Auslandseinsatz muss, würde ich zu Hause sitzen und beten.

M.K.: Das heißt, du bist auch ein gläubiger Mensch?

Angelika: Ja.

M.K.: Aber war das nicht gleich eine Art Schock für dich, als er sagte, er will zur Marine?

Angelika: Na ja, es ist ja die Frage, was für ihn richtig ist und nicht für mich. Mein Sohn ist jetzt nicht der Altenpflege-Typ. Er hat nen geraden Weg, und wenn er das für sich entscheidet, ist das seins.

M.K.: Ist es schwer für dich, dass sie ausziehen?

Angelika: Och nee … Na ja, gemischt. Es gibt so den einen Teil der genervten Mutter eines spätpubertären Jungen … Es gibt so Reibungspunkte im System Familie, die kennt jeder, und ich denke, dass ich in seinem Persönlichkeitsbildungsprozess eher ein Auslaufmodell bin. Er muss raus. Er geht, weil wir beide wissen, dass er gehen muss.

M.K.: Besser so, als wenn er den Absprung nicht schafft.

Angelika: Was mich zum Beispiel so amüsiert: Mein Sohn raucht. Was nicht besonders schick ist, aber egal. Jetzt raucht er in seinem Zimmer, was ich entsetzlich finde. Riesenstreit. Ich sage: »Geh doch auf die Terrasse« – »Nee, da ist kalt.« Und jetzt hat er sich mit seinem Freund tatsächlich ne Wohnung genommen mit Balkon, damit die auf dem Balkon rauchen können und nicht in der Wohnung. Und da sitze ich dann und lehne mich zurück und denke: Du Typ! Worum ich immer kämpfe, setzt du einfach um, wenn du rausgehst. Da hab ich gedacht: Na ja, gut. Lass ihn gehen, der wird noch mehr davon umsetzen, auch wenn er es zu Hause nicht macht.

M.K.: Habt ihr in eurer Firma denn auch Kollegen aus dem ehemaligen Osten?

Angelika: Die Chefs sind aus dem sogenannten ehemaligen Osten. Eigentlich sind wir mehr Ossis als Wessis.

M.K.: Und das mischt sich auch völlig problemlos?

Angelika: Ich finds total geil, weil ich merke, dass es in dieser Tradition »Sozialismus« ne Auffassung von Teamwork gibt, die ich in der Tiefe in einem Westteam noch nicht erlebt habe. In der Pflege schon, aber im Business … Wir machen Business und wir haben Zeitdruck, und es geht um viel Geld, und sie bleiben trotzdem kooperativ und projektbezogen und zielbezogen – das ist toll.

M.K.: Auch menschlicher?

Angelika: Ja.

M.K.: Glaubst du an Zufälle oder Vorbestimmung? Kommt das von oben? Betest du dafür?

Angelika: Ja, also ich denke, ich kann entspannt, vertrauensvoll, offen sein. Nicht verkrampft, verbohrt, sondern entspannt, gelassen, offen. Gott ist ein einfaches Wort, das jeder versteht. Aber mit dem, was so die feinstoffliche Seite des Seins ist, in Kontakt bleiben, offen sein. Liebevoll bleiben und gucken, was passiert. Und ich glaube schon, dass ich ne Vorstellung davon haben darf. Jeder, der verreist, macht einen Plan, wann er wo losfährt und wann er wo ankommt. Ich glaube, dass über Vorstellung und internen Fokus von Geist die Dinge auch wirklich durch einen Kanal kommen können.

M.K.: Bist du ein sehr sensibler Mensch? Hast du gute Antennen? Kriegst du Energien schnell mit in deinem Umfeld?

Angelika: Sofort. Ich kann auch in einen leeren Raum gehen und sagen: Hier wurde gut gearbeitet oder hier wurde gestritten.

M.K.: Ernsthaft? Das finde ich spannend. Da war also zum Beispiel eine Sitzung, die Leute gehen weg, du gehst rein und sagst: …?

Angelika: … das war ne konstruktive Sitzung. Anstrengend, aber konstruktiv. Okay, ich mache das Fenster auf. Oder ich gehe rein und sage: »Oh …«

M.K.: Wie spürst du das in dem Moment?

Angelika: Ich spüre es, als ob ich dabei gewesen wäre. Als ob mein inneres Energiefeld an das Energiefeld andockt oder an die Reste von dem. Ich fühle es ganzkörperlich.

M.K.: Hast du auch viele Träume?

Angelika: Ja.

M.K.: Auch Vorahnungen? Geht das auch in die Richtung?

Angelika: Ja. Also manchmal hab ich auch konkrete Bilder, also nicht nur ne Ahnung, wie so düster wabernde Ideen, sondern richtige Bilder. Dreidimensional …

M.K.: Bist du dann auch zu Hause sehr bemüht, Energien ins Gleichgewicht zu bringen? Wie machst du das?
Angelika: Ich versuche das durch Schlichtheit. Also Dinge nicht unnötig aufzuheben und dadurch nicht Ideen zu binden, die alt sind. Ich bin also ein Aufräumer und versuche, Klarheit zu schaffen: Im Innen wie im Außen, weil die Dinge nicht getrennt sind. Was wir machen, ist immer ein Ausdruck davon, wie wir selber energetisch sind. Und ich meditiere ziemlich viel. Aber das spielt sich nicht ab, indem ich mich hinsetze und »Om« sage, sondern eher, dass der Geist sich in den freien Sekunden sammelt. Das sind manchmal nur zwei Minuten, aber es ist immer da …
M.K.: Würdest du denn sagen, du hast eine gewisse Hellsichtigkeit oder Hellfühligkeit?
Angelika: Hellfühligkeit. Ich kann ziemlich genau sagen, wie sich mein Gegenüber fühlt …
M.K.: Wie fühle ich mich jetzt? Kannst du das sagen?
Angelika: Es gibt, seitdem wir das Thema angeschnitten haben, eine eher erhöhte Spannung. Vorher war es so, dass du mich Sachen gefragt hast auf einem Level, das okay war. Jetzt gibts ne erhöhte Spannung, und die zeigt sich ja auch in deinem unteren Bauchbereich. Also, da gibts jetzt ne erhöhte Bewegung, und du versuchst, es in einer Art Klarheit zu halten.
M.K.: Das hast du jetzt aber nicht gesehen? Das spürst du?
Angelika: Ja.
M.K.: Und warum, glaubst du, hab ich jetzt eine erhöhte Spannung?
Angelika: Nicht Spannung. Bewegung ist nicht gleich Spannung. Das ist mehr so, dass da was hochkommt. Da will was mehr wissen … Spannung entsteht ja immer dann, wenn Menschen »Nein« zu etwas sagen. Das habe ich ganz oft gemerkt, wenn man »Nein« sagt, ist das wie ne innere Verknotung. Du bist nicht verknotet.

M.K.: Gut! Das ist ein spannendes Thema!

Angelika: Also, es hilft mir beim Arbeiten, aber ich geh damit nicht rum. Ich sag dazu immer: In den Schubladen von fremden Leuten wühlt man einfach nicht ungefragt rum …

M.K.: Wie du jetzt die erhöhte Bauchbewegung festgestellt hast, das interessiert mich noch.

Angelika: Ich glaube, dass das ein Prozess ist. Also, in meiner Überzeugungswelt sind wir nicht getrennt voneinander, da gibt es keine Trennung, feinstofflich sowieso schon nicht, grobstofflich vielleicht. Aber wir hören ja nicht da auf, wo Körper aufhört. Da ist ja noch mehr, und die Frage ist, warum nehmen wir auch nicht das, was um uns herum ist, einfach wahr, obwohl wir keine scheinbaren Sensoren dafür haben? Also, das Auge unterscheidet zwischen ultraviolettem Rot und Infrarot, und das Ohr hört eine bestimmte Frequenz. Aber viel von dem, was uns ausmacht, spielt sich in einem Frequenzbereich ab, für den wir keine besseren Sensoren haben. Quantenphysik erklärt, dass ein Übergang von Teilchen zu Energie einfach nur ein Übergang ist. Warum soll ich für mich sagen: »Nein, ich bin ich und du bist du«, wenn es doch tatsächlich da in der Physik keine Grenze gibt. Und da ist für mich die wunderbarste Vernetzung zwischen Religion und Physik. Zu sagen: Alles ist eins. Jesus hat gesagt: Der himmlische Vater und ich sind eins. Quantenphysik beweist uns das …

M.K.: Wie bist du überhaupt an diese Gedanken rangekommen? Hattest du einen Lehrer?

Angelika: Es gibt eine katholische Basis, und ich habe früher Leistungssport gemacht, und das hat mit Affirmation und Motivation zu tun. Wenn du fokussiert bist, such deinen Fokus. Das ist so die Basis, auf der ich stehe. Irgendwann bin ich zum Meditieren gekommen, da gibts wunderbare Lehrer, mit denen ich die Freude hatte, sein zu dürfen …

M.K.: Du hast vorhin angedeutet, dass es schwierige Situationen in deinem Leben gab. Haben die das noch verstärkt?

Angelika: Ja. Ich kann mir nicht vorstellen, ohne den Zugang zu dem, was die Liebe ausmacht, die ich selber bin und die ich selber leben möchte. Auch wenn ich manchmal austicke, weil meine Persönlichkeit sagt: Tick aus! Da den Kern zu leben und in der Verbindung zu dem zu sein, was deinen Kern ausmacht … Warum sollst du anders sein als ich? Und wenn man das anerkennt, dann ist es einfach geil, oder? Und in den sehr schwierigen Situationen ist es so wie: Man fängt immer wieder von vorne an, und in dem Moment, wo Sachen zerbröseln, das kann ich nicht durchschauen, und da gibt es Zweifel und Hader, und da gibts Wut. Und hinterher, zwei, drei Jahre später denke ich: Wie wunderbar, dass es damals gekracht hat. Guck mal, was daraus geworden ist, und das war auch mein Lernprozess. Jetzt in Konflikte reinzugehen und zu sagen: Ich weiß, das ist jetzt so. Ja. Ganz spannend: Was ein »Ja« allein in so einer Situation ausmacht. »Ja, ich bin bei dir, und irgendwann verstehe ich das, und jetzt akzeptier ich das erst mal.« Da ist so eine Entspannung drin, für alle Beteiligten, in so einem einfachen »Ja«. Und das ist dann ne ganz andere innere Basis, auf der ich weitermachen kann.

M.K.: Wie ist dein Verhältnis heute zur Religion?

Angelika: Ich finde Religion wichtig. Jede Religion verkauft ähnliche Ideen in unterschiedlichen Verpackungen. Egal, ob es das Christentum, Islam oder viele, viele andere Religionen sind. Ich für mich habe entschieden, an diesen Kern ranzugehen und zu sagen: Liebe ist die einzige Energie im Universum, die übrig bleibt, wenn alles andere sich verabschiedet. Und es ist auch die Grundidee, die man überall findet. Ich versuche mit meinen Übungen im täglichen Leben den liebevollsten Weg zu finden, der das größtmögliche Potenzial für die Situation zulässt. Und das ist nicht immer einfach. Da gibt es meinen Kopf, und der ist oft dick, und da gibt es viele andere Köpfe, und die sind auch dick, und dann klink ich mich so innerlich aus und sage: Denk noch mal. Ist es das wirklich oder gibt es noch ne andere Seite? Und da hilft mir dieser Anker.

M.K.: Das war ein schönes Gespräch, und ich freue mich total.

Angelika: Ich mich auch.

M.K.: Vielen Dank.

AUSSTIEG

Mit diesem letzten, wunderbaren Gespräch, das mich persönlich wirklich bereichert hat, möchte ich die neun Nächte und dieses Buch beenden. Angelikas Gedanken schließen in gewisser Weise den Kreis zu meinen Gedanken, die sich durch dieses Buch um Menschen und Geschichten ziehen.

Wer die Sendung kennt, hat jetzt ein bisschen mehr über meine Gäste und mich erfahren. Wer die Sendung nicht kennt, hat die Fahrgäste und mich ein bisschen kennengelernt.

Wenn man die ganze Nacht im Taxi sitzt und arbeiten muss, während die anderen feiern und ausgehen, kommt man sich vor wie der Partygast, der auf einer Party keinen Alkohol trinkt und den Pegel der anderen nicht erreicht. In so einem Moment fühlt man sich zwar als Außenseiter, auf der anderen Seite kann man aber mit dem nüchternen Blick besser beobachten und sehr viel lernen.

In diesem Buch sind wir gemeinsam durch die Nächte gefahren, sind Menschen begegnet und haben gemeinsam über diese Menschen und ihre Geschichten nachgedacht oder geschmunzelt. Vielleicht waren wir nicht immer einer Meinung, aber das macht ja nichts. Wir sind nun mal, Gott sei Dank, alle sehr verschieden, und solange wir nicht verlernen »Ja« zu sagen und uns alle offen, tolerant, kommunikativ und mit Respekt begegnen, kann nichts schiefgehen.

Während ich diese Zeilen schreibe, befinde ich mich mitten in den Dreharbeiten zu zwölf neuen Folgen der *Berliner Nacht-Taxe*. Und noch immer fasziniert mich jede Nacht und jede Begegnung aufs Neue. Diesmal fahre ich über zwanzig Nächte durch Berlin, und vielleicht werde ich Ihnen auch von diesen Abenteuern mal erzählen.

Bis dahin entlasse ich uns alle jetzt in die Nacht und wünsche uns möglichst viele schöne Begegnungen mit interessanten Menschen, denen wir zuhören, Fragen stellen und mit denen wir viele wunderbare Gespräche führen. Egal ob im Taxi, im Job, im Bus, an der Haltestelle oder zu Hause mit unseren Freunden und Familien – Gute Nacht.

Markus Kavka

»*Markus Kavka ist ein sehr genauer Beobachter unserer Zeit.*« Thees Uhlmann, Tomte

Markus Kavka
Elektrische Zahnbürsten
Die Zeitzuender-Kolumnen

Markus Kavka ist kult. Als Moderator und Produzent bei MTV sitzt er an der Quelle und erzählt mit Treffsicherheit und einer ganz eigenen Stimme: über Madonna und ihre 160 Hotelzimmer, über das harmonieerzeugende Carloft-Projekt in Kreuzberg, über singende Nazischwestern aus USA, über die psychischen Auswirkungen des Sich-selbst-Googelns, über die geilsten Säue auf der Turiner Olympiapiste, über Rockstars, Drogen, Fußball und das, was im Leben außerdem noch wichtig ist! Markus Kavkas prägnante Texte zur aktuellen Situation lassen manchen Kommentar der etablierten Politikusse flach und schal erscheinen, und so ist die Welt ganz Ohr, wenn Kavkas *Elektrische Zahnbürsten* rattern und das Leben ein bisschen heller machen.